天涯孤旅

——林趕秋文選

林趕秋　著

認識大陸作家系列

天涯孤旅

天涯遠不遠？

不遠！

無緣，對面就是天涯。

那孤旅是什麼？

「出入六合，遊乎九州，獨往獨來」，這就是孤旅。

生活就是孤旅，即便引類呼朋遊山玩水，偶爾也會有「獨愴然而涕下」的時候。

讀書就是孤旅，無論在字山詞海之間跋涉，還是「靜讀乾坤無字書」，都需要一個人坐冷板凳，或者別具隻眼、獨立思考。

寫作亦然。

對！

可是天涯與孤旅又有何關係呢？

天涯可以是孤旅的終點站，也可以是孤旅的最高境界。它很遠，值得用一輩子的時間去「孤蓬萬里征」。

天涯到底有多遠？

無窮遠。

怎麼說？

天沒有涯，就像地沒有角一樣。

那為什麼還要孤旅到天涯呢？

雖然「未到天涯已斷魂」，但是我們必須走下去，因為或順或舛的命途都是旅途，天地再大再美也不過是暫時棲身的客店，只有那或隱或顯的墳墓才是我們各自的天涯、各奔的天涯。

那好吧，我將攜帶所有的憂傷和疑惑，踏著觸手可及、無處不在的文化現場走向天涯。你聽！那比永遠還遠的天涯在召喚我，它就站在孤旅的盡頭等著我。

目　次

第三輯　秋日布魯斯

第一輯

枕上詩書閒處好（上）

洛夫聽蟬

　　1970 年夏天，洛夫下班後獨自入山去享受金龍禪寺的安靜。暮色愈來愈深，寺內開始響起晚鐘。洛夫正準備回家晚餐，忽聽滿山響起了陣陣蟬噪，如沈佺期《遊少林寺》詩云「山蟬處處吟」，一樹接一樹宛若著了火，一種聲浪的燃燒使他頓感驚惶失措。就在此時，突然冒出一聲奇怪的鳴叫，溫馨而感人，洛夫凝目四尋，卻一直找不到它落腳的枝椏。禪寺的燈火一亮，所有的蟬聲戛然停止，他才從迷惘中醒來，並恍然大悟：「那萬蟬齊鳴中的最令人感到親切的聲音，不就是傳說中的，而我一直渴望聽到的山靈的呼喚嗎？」這天晚上，那只灰蟬別具韻味的叫聲一直在洛夫耳邊縈回不去，他當即寫了下面的《金龍禪寺》：

晚鐘
是遊客下山的小路
羊齒植物
沿著白色的石階
一路嚼了下去

如果此處降雪

而只見

一隻驚起的灰蟬

把山中的燈火

一盞盞地

點燃

「如果此處降雪／而只見／一隻驚起的灰蟬」的轉折讓人想起卞之琳的詩《音塵》：「如果那是金黃的一點，／如果我的坐椅是泰山頂，／⋯⋯然而我正對一本歷史書。」

《金龍禪寺》這首小詩傳誦頗廣，很多人卻喊看不懂，甚至冠以「超現實主義」的頭銜，真讓我丈二金剛──摸不著頭腦！眾所周知，超現實主義是二十世紀二十年代法國的一個文藝流派，後來成為流行於歐美的一種文藝思潮。這一派理論以柏格森的直覺主義、生命衝動和弗洛依德的潛意識學說為基礎，提出自動寫作法，要求詩人聽從潛意識的召喚，把夢境（包括白日夢）中呈現的形象與語句不加改動地寫出來，將一些毫不相干的事物雜亂地並陳，以期達到絕對真實的「超現實的境界」。而《金龍禪寺》完全是以理性的、合邏輯的形象思維來寫實，只有「如果此處降雪」一句描述心理，跟超現實的主義或境界有哪門子的瓜葛呢？如果有人竟蠢笨地把「晚鐘／是遊客下山的小路」讀成一句，視灰蟬點燃寺燈為「毫不相干」，那麼他基本可以被確定為嚴重缺乏《滄浪詩話》所謂的「別材」，我還能說些什麼呢？洛夫曾感慨系之：「詩往往是一個人心靈深處的獨語，旁人懂與不懂，有何關係！」這倒也是，我又何

必去幫它辯白呢？我只是想提醒某些評論家：分析一篇具體的作品，要儘量多活動一下自己的腦子，少給別人亂扣一些帽子。

瓊瑤在水一方

　　明人唐顯悅總結過:「選之難倍於作」。我覺著還應補上一句:「譯之難倍於選。」遑論不同語系的文字之間的對譯,如中文與英語,只說同族語言的古今對譯就夠費神的了,如古代漢語與現代漢語,下面請以《詩經‧秦風‧蒹葭》的古翻今為例。

　　先讀原文:

　　　蒹葭蒼蒼
　　　白露為霜
　　　所謂伊人
　　　在水一方
　　　溯洄從之
　　　道阻且長
　　　溯游從之
　　　宛在水中央

　　　蒹葭萋萋
　　　白露未晞
　　　所謂伊人

在水之湄

溯洄從之

道阻且躋

溯游從之

宛在水中坻

蒹葭采采

白露未已

所謂伊人

在水之涘

溯洄從之

道阻且右

溯游從之

宛在水中沚

　　蒹葭是初生的蘆葦，蒼蒼、萋萋、采采為眾多之貌，「白露為霜」乃一句暗喻（以霜之色形容露之白），未晞、未已點明時間尚早；蒹葭與白露重現在每個詩節開頭定下了全詩的藝術基調，相當於《世說新語・賞譽》「清露晨流，新桐初引」之景。「所謂伊人」即「傳說中的那人」，溯為逆水而陸行，洄是漩渦，游讀若流，二者互文見水之義，躋狀坡路，右讀若已，狀彎路；方、湄、涘均意為水邊，央、坻、沚均意為水中沙渚，六個方位名詞都表示伊人在抒情主人翁（「溯」之主語）視覺中的相對位置。

再看余冠英的民歌式譯文：

> 蘆花一片白蒼蒼，
> 清早露水變成霜。
> 心上人兒他在哪，
> 人兒正在水那方。
> 逆著曲水去找他，
> 繞來繞去道兒長。
> 逆著直水去找他，
> 像在四邊不著水中央。
>
> 蘆花一片白翻翻，
> 露水珠兒不曾乾。
> 心上人兒他在哪，
> 那人正在隔水灘。
> 逆著曲水去找他，
> 越走越高道兒難。
> 逆著直水去找他，
> 像在小小洲上水中間。
>
> 一片蘆花照眼明，
> 太陽不出露水新。
> 心上人兒他在哪，
> 隔河對岸看得清。

逆著曲水去找他，

曲曲彎彎道兒撑。

逆著直水去找他，

好像藏身小島水中心。

顯然是把《蒹葭》當成純粹的情歌來處理的，對每節前四句有所誤譯，減弱了全詩的意象多向性。還好，這比他的題解和注釋（詳見人民文學出版社 1979 年版余冠英《詩經選》第 126 至 127 頁）準確得多。我們讀《蒹葭》應像讀戴望舒的《雨巷》一樣，要注意它強烈的象徵意義，不能光憑「秋水伊人」這句後代定型的成語想當然地去詮釋前賢的良苦用心！

最後聽聽瓊瑤據《蒹葭》改寫的流行歌詞《在水一方》：

綠草蒼蒼，白霧茫茫，

有位佳人，在水一方。

我願逆流而上，依偎在她身旁，

無奈前有險灘，道路又遠又長；

我願順流而下，找尋她的方向，

卻見依稀彷彿，她在水的中央。

綠草萋萋，白霧迷離，

有位佳人，靠水而居。

我願逆流而上，與她輕言細語，

無奈前有險灘，道路曲折無已；

我願順流而下，找尋她的蹤跡，

卻見彷彿依稀，她在水中佇立。

　　既然作者聲明是「改寫」（江蘇人民出版社 1985 年版長篇小說《在水一方》第 31 頁），那我們就毫無與余譯比較「信」的必要，但它頗有值得借鑒的地方。

　　於是，我重新草譯《蒹葭》如下，暫名為《追尋伊人》：

　　　蒹葭綠茫茫一片，
　　　露珠（點綴其間）成了白白的霜。
　　　傳說中的那個人啊，
　　　就在水的另一方；
　　　逆著洄水（旋轉的方向）去追尋，
　　　前路險阻而漫長，
　　　再逆著水流（的方向）去追尋，
　　　（到了另一方，）那人卻到了水中的洲上。

　　　蒹葭綠萋萋一片，
　　　白露尚未被陽光曬乾。
　　　傳說中的那個人啊，
　　　就在水的另一邊；
　　　逆著洄水（旋轉的方向）去追尋，
　　　前路險阻而拔高，
　　　再逆著水流（的方向）去追尋，
　　　（到了另一邊，）那人卻到了水中的灘上。

蒹葭綠蒼蒼一片，

白露尚未被全部蒸發掉。

傳說中的那個人啊，

就在水的另一岸；

逆著洄水（旋轉的方向）去追尋，

前路險阻而迂曲，

再逆著水流（的方向）去追尋，

（到了另一岸，）那人卻到了水中的渚上。

　　譯文的散文化連我自己也不甚滿意，唯一自信的是：盡可能避免了原詩「伊人」和「之」的人稱實化，保留了二者廣泛的所指。至於更臻理想的重譯，俟之來日或來裔可矣！

顧城看雲

　　梁啟超自述:「義山的《錦瑟》、《碧城》、《聖水祠》等詩,講的什麼事,我理會不著……但我覺得他美,讀起來令我精神上得一種新鮮的愉快。須知美是多方面的,美是包有神秘性的,我們若還承認美的價值,對於此種文字,便不容輕易抹煞。」這是一種客觀的審美態度,同樣可以移諸上世紀八十年代流行的「朦朧詩」的欣賞上。但這種審美態度難免有些被動,我們既應該遠距離地感受客體的宏觀美,也應該近距離地分析客體的微觀美。

　　經過不懈的投寄,顧城的部分詩稿在《詩刊》、《星星》等處發表了。意外的回聲卻使他惶恐。近百家報刊發表了批評文章,圍繞著一首「表現一種特定心理的」「極短的筆記型小詩」展開了激烈的爭論,那就是顧城的代表作《遠和近》:

　　　你
　　　一會看我
　　　一會看雲

　　我覺得

　　你看我時很遠

　　你看雲時很近

　　我們今天來重看顧城的詩，或許也正與他在上面所記述的感覺雷同。如果我們怕猜錯作者的主旨，那麼只須承認《遠和近》的美也包有神秘性就行了；如果我們企圖讀懂原詩，那麼便要進一步去做微觀分析。所謂有比較才會有鑒別，我發現《毛詩・鄭風・東門之墠》首章的末句與《遠和近》頗具可比性：

　　其室則邇

　　其人甚遠

　　然而，《東門之墠》顯然是情詩，表現出兩情未通之際一方的單思。室邇是講形跡並不疏闊，人遠是講感情還有距離，這兩句寫情很深刻，業已成為後人頻繁引用的套語了，我相信精讀過《辭海》的顧城不會沒接觸到。相反，他還將「室」與「人」這對矛盾轉換成「雲」與「你」，並將「你」的能指拓展成「你」的所指，即是使「你」這個主體意象呈現多向性。

　　在顧城看來：「世界上有一種引人幻想的東西，叫做『雲』。『雲』是需要距離的；當人們真正走近它時，它就化成了『霧』……」其實，凡是訴諸感官的藝術都要求欣賞者與它保持一個適度的「空間距離」。賀拉斯《詩藝》：「詩歌就像圖畫：有的要近看才看出它的美，有的要遠看；有的放在暗處看最好，有的應放在明處看。」看詩不能完全被詩所控制，距離得當，才有對其整體的把握，從而進

13

入「專業欣賞」的階段。詩無達詁，我們沒必要也沒可能去坐實《遠和近》的主題，但我們至少可以從古今的對比中認識到「朦朧」不是絕對的。

形式是內容的延伸

　　如是我聞，九葉派乃二十世紀四十年代中國一重要新詩流派，晚於羅伯特・鄧肯一年出生的鄭敏即其主要成員之一。該派詩人除在作品思想傾向方面注意抒寫四十年代人民的苦難、鬥爭以及渴望光明的情緒外，藝術上則在古典詩詞和新詩優秀傳統的薰陶下，吸收著西方後期象徵派詩人如里爾克、英美現代主義詩人如艾略特等的某些表現手法。鄭敏是在馮至的引領下同賴內・馬利亞・里爾克的詩結下了難解之緣。她嗜讀里爾克的詩，對其名作《豹》更是情有獨鍾。她跟里爾克一樣，總是從日常事物誘發對宇宙與生命的思索，並將其凝定於靜態而又靈動的情境，一如靜物寫生。於是，在雕塑般的意象中便凝結了詩人澄明的智慧與靜默的哲思，1942 至 1947 期間寫的一組詩《金黃的稻束》就是這樣的作品。

　　從建國初到 1979 年，鄭敏中斷了新詩寫作。直到「三中全會以後」，在時代的感召、友人的鼓勵下才重新握起了筆。1984 到 1986 年則是她的詩歌創作的重要階段，因為在這時期她找到了自己在新時期詩歌創作的新的藝術形式。鄭敏認為，「形式是內容的延伸」這句美國黑山派詩歌理論的名言說明：只有當內容衝破不再適應它的過去的形式，像一位服裝設計師重新找到自己的新風格時，全新的作品才能誕生。這不是為新而新，因為當人們指責「標新立異」

的負面含義時，是在報怨沒有足夠新的內容，因此，那類「新」文學所標榜的「新形式」並非新的內容的延伸，不過是為語驚四座而故作姿態罷了。

　　1992 年，當年齡跨出了七十大關，鄭敏得到一種自由，就是不必再考慮填寫種種表格給人帶來的種種壓抑感，她淡定地回憶道：1980 年自己開始重新研究美國當代詩歌，它使她走出了四十年代對詩歌的看法和追求。但直到 1984 年，她才領略到二戰後美國詩歌的創新之處。所謂「二戰後美國詩歌」，在這裡特指第二次世界大戰後美國出現的第一個反學院派的黑山派詩歌。以查理·奧爾森（1910－1970）為首，他在 1948 年到北卡羅萊納的一所文學藝術學院「黑山學院」任教，1951 至 1956 年任該校校長，辦了兩個刊物《黑山評論》和《起源》發表詩歌評論與創作。以刊物為中心，團結志同道合的同事，聯絡一些詩人，加上學生中的追隨者，就形成一個團體，被稱做黑山詩派，羅伯特·鄧肯就是成員之一。奧爾森把龐德和威廉斯（1883－1963）之外的全部美國詩歌視為「封閉詩」、「書卷詩」，尤其反對以艾略特為盟主的英美學院派，而大力提倡「開放詩」、「放射詩」。鄭敏說：黑山派詩「在兩個層面上超出四十年代的現代主義詩歌，一個是所謂的開放的形式（open form），另一個是對『無意識』（the unconscious）與創作關係的認識。這二者結合起來成了當代詩突破四十年代現代主義詩的後現代詩的特點。一旦我認識到這一當代詩特點，突然在我的面前就打開了寫詩的新的境界，使我挖掘了自己長期被掩埋、被束縛、隱藏在深處的創作資源。」因此從 1985 年起，她每年都在當時的《詩刊》和《人民文學》上發表一組詩。這對她 30 年來的詩的積壓起了引

流的作用。以後雖然詩壇風雲又突變，她仍繼續寫自己的詩，直到1991 年詩集《心象》問世……

《心象》集內有一首《成熟的寂寞》，寫的正是：經過風風雨雨，她「當年稚嫩的寂寞已經變成更成熟的一種品質」，一如黑山派詩突破了學院派詩。而在她 1948 年出版的《詩集：1942—1947》中那首《寂寞》就記載了當年稚嫩的寂寞，以及詩歌創作的舊的藝術形式——不夠開放（但完整性和可讀性很強），二不夠神秘（神秘是詩人「無意識」的內在本質的自然展開）。用心的讀者將這兩首詩對勘，自會在其間發現鄭敏當代詩突破四十年代九葉派詩的若干細節，甚至可以窺見艾略特之流與鄧肯之流的衝突的影子。而1984 到 1986 年（還可延拓至二十世紀九十年代）的鄭敏和鄧肯卻能達成一定的共鳴。鄧肯講過「詩不是文化的容納，而是一種精神的活生生的過程」，他在詩（《詩，一個自然的事物》）中覺得一幅英國畫「有點沉重，有點造作」，只因裡面容納了一些「多餘」。巧的是，鄭敏在觀賞過一副善於留白的荷蘭畫後，認為「那不在了的存在／比存在著的空虛／更能觸動畫家（可以置換為「詩人」、「藝術家」等——趕秋按）的神經」（《兩把空了的椅子》）。更能觸動神經的原由其實很簡單：那不在了的存在正是一種精神的活生生的過程，它已開放到了大象無形的新境界。在它的激勵下，詩人（或讀者）的想像變得豐富，意念接踵而至，形式最終成為內容的延伸。

李商隱的蝨子

　　相對李白，李商隱人稱小李，他以律詩著名，其次是絕句，但他的駢文與辭賦則少有人關注。現只抄出一篇詠物小賦《蝨賦》，略加評點：

　　　　亦氣而孕，亦卵而成。晨鷺露鶴，不如其生。汝職唯嚙，而不善嚙：回臭而多，蹠香而絕。

　　如果以韻腳和人稱來劃分，我們完全可以把它看成一首四言詩，共兩章，每章四句：

　　　　亦氣而孕
　　　　亦卵而成
　　　　晨鷺露鶴
　　　　不如其生

　　　　汝職唯嚙
　　　　而不善嚙
　　　　回臭而多
　　　　蹠香而絕

　　蝨，俗稱蝨子，屬於昆蟲綱蝨目，種類繁多。據李義山此賦可知，他指的是人蝨，包括頭蝨和體蝨。人蝨能傳播回歸熱、斑疹傷寒等疾病，這些小李當然不會懂。但他懂得以人蝨暗喻人渣，形象而深刻地揭露出那些欺貧怕富之輩的醜惡嘴臉。

　　第一章大意是講：鷺、鶴跟蝨出生的原理都是一樣的，但鷺只習慣在早上飛翔，而鶴性警，聽到露滴就會遷移宿處，兩者卻不如蝨子可以日夜寄居人體、不愁吃喝。言外之意，顯然是影射那些不勞而獲的剝削者。同時，又以鷺、鶴的高潔反襯出蝨的卑污。

　　第二章作者一改上章的冷眼旁觀，直接開始斥罵蝨子：你的唯一職業就是咬人，但又不善於咬人，看到賢人顏回赤貧你就去咬他，看到盜蹠暴富你就躲得遠遠的。此處，又以賢人與強盜、臭與香形成了慘酷的對照，加深了文筆的辛辣。

花蕊夫人詩詞：簪花妙格墨流香

　　後蜀廣政初期，後主孟昶偕「少擅殊色，眉目如畫」（吳任臣《十國春秋》）的寵妃張太華同輦遊青城山，駐蹕於九天丈人觀，一連數日，歡愛無事。突然有一天，山中出現了白夜現象，雷雨大作，張太華「被震而殞」（同上），後主傷心不已，用紅錦龍褥將她包裹後埋在了觀前的白楊樹下。廣政六年（943），孟昶下詔挑選良家女子入備後宮，青城縣（在今四川省都江堰市境內）費氏成了其中的佼佼者。她不久即被納為慧妃，別號跟前蜀的小徐妃一樣，也稱花蕊夫人。下面這首宮詞記敘了她「以才色入宮」（陳師道《後山詩話》）時的概況：

> 年初十五最風流
> 新賜雲鬟使上頭
> 按罷霓裳歸院裡
> 畫樓朱閣總重修

　　以此推算，費氏當生於後唐明宗天成三年（928）左右。一說，花蕊夫人於後蜀明德四年（937）選入宮中，其時十五歲，與《十國春秋》的記載略有出入，似不足為訓。

　　後蜀花蕊夫人的一生是大喜大悲而短暫的一生，與孟昶共同生活了二十二年左右，直到 965 年國破身亡於北宋，可能還不足四十

歲。但她的百首宮詞、葭萌驛題詞、宋宮賦《國亡》詩則是她一生幾個重要階段的代表作，足以彪炳文學史冊、永垂不朽，清人吳文錫《青城山吊花蕊夫人》一詩概括得極為精煉：

> 內家本事詩猶在
> 城上降旗恨未休
> 試問葭萌題驛處
> 有無水殿任梳頭

「水殿任梳頭」指花蕊夫人的宮詞時代。孟昶夜寢喜聽滴水之聲，宮人為了取悅於他，便用水車踏水模擬灘頭細流，花蕊夫人曾作宮詞記之：

> 水車踏水上宮城
> 寢殿簷頭滴滴鳴
> 助得聖人高枕興
> 夜涼長作遠灘聲

而吳氏借此略寓嘲諷之意，彷彿覺得後蜀亡國也有她的責任一般。在被宋軍押送北上汴京的途中，花蕊夫人就像檻車中的「綠鵝」（典出《十日談》），芳心將碎，在葭萌關（時為後蜀邊境）的驛壁上匆匆地題寫了半闋《採桑子》：

> 初離蜀道心將碎
> 離恨綿綿

春日如年

馬上時時聞杜鵑

表達了她離蜀時悲憤的心境，這就是後蜀史上著名的「葭萌題驛」事件。而「城上」句是指入宋宮後之事：宋太祖趙匡胤令花蕊夫人呈詩述孟昶亡國的原由，她忠憤滿腔，口占了「當令普天下鬚眉一時俯首」（薛雪《一瓢詩話》）的《國亡》詩：

君王城上豎降旗

妾在深宮那得知

十四萬人齊解甲

更無一個是男兒

由此我們可以在「似花蕊之輕」之外，看到花蕊夫人性格中堅貞倔強的一面。

孟昶從水路押入宋宮後一周即暴卒，葬於洛陽邙山，死得蹊蹺而冤枉。花蕊夫人伺機報仇，「嘗進毒，屢為患，不能禁」（蔡絛《鐵圍山叢談》），終於被宋太祖賜死，一說被趙匡義射死，葬於福建崇安。直到二十世紀五十年代，人們才在四川廣漢發現了「孟昶暨花蕊夫人墓」，但何時何因何人將這對苦命鴛鴦合葬，史無明文，就不好妄斷了。

中外小詩之初步比較

　　談起「中外小詩」，範圍可就寬了，舉凡中國古代的一行詩（例見《呂氏春秋‧音初》）、絕句乃至日本俳句、西歐的雙韻體、義大利的三行體、波斯的魯拜等等都可以稱作「小詩」。為了論述的方便，本文擬以中國當代女詩人王爾碑的小詩及詩論為中心，拿日本、美國、中國現代的小詩或詩論與之比較，並就若干詩歌美學問題進行最初步的探討。

　　先按寫作時間的前後為序，羅列出我所要比較的主要對象：

甲　風吹髭，歎息暮秋者誰子？

──松尾芭蕉《憶老杜》

乙　人群裡這些臉忽然閃現；
　　花叢在一條濕黑的樹枝。

──伊茲拉‧龐德《地鐵站內》

丙　除夜的兩枝搖搖的白燭光裡，
　　我眼睜睜瞅著，
　　一九二一年輕輕地踅過去了。

──朱自清《除夜》

丁　我要有你的懷抱的形狀，

　　我往往溶化於水的線條。

　　你真像鏡子一樣的愛我呢，

　　你我都遠了乃有了魚化石。

　　　　　　──卞之琳《魚化石（一條魚或一個女子說）》

戊　兩座冰山

　　兩個宇宙

　　熱風景在街上

　　　　　　　　　　──王爾碑《家景》

　　十九世紀美國畫家、小說家奧斯頓指出：「思想需要客觀對應物作為表現自身的條件」，即那些與大腦「固存」的思想有「預定」聯繫、並通過發揮大腦潛力而創造「快感」的外部世界和客觀事物；美國現代哲學家桑塔亞納也隨後提到：「在很大程度上，詩人的藝術是通過組合自然而然便能激起情感的零散事物來激勵（讀者的）情緒」，通過融合「具有共通感情寓意的各類客觀事物」來誘發那種感情。簡言之，抒情主人公（多為詩人自己）所要表達的思想、感覺即意象之意，而所謂客觀對應物即意象之象，往往是一系列必經詩人篩選、組織的物體、事件、情境等等。當然，上面這五首小詩也自有其特殊的客觀對應物，如甲的「風吹髭」、乙的「花叢」、丙的「白燭光」、丁的「水的線條」、戊的「冰山」。但異中也有同，五首詩的客觀對應物的核心，或者說主要的客觀對應物，卻是人。

　　在《白帝城最高樓》「杖藜歎世者誰子」裡，誰子當然指杜甫自己，而在《憶老杜》這首俳句中，誰子已是千年以後、萬里之外的芭蕉的自況，此處的客觀對應物為古人。《地鐵站內》則深受另一位日本詩人荒木田守武的俳句「落花飛回枝頭／蝴蝶」的影響，與小杜（杜牧）《贈別》「娉娉嫋嫋十三餘／豆蔻枝頭二月初」、白居易《長恨歌》「玉容寂寞淚闌干／梨花一枝春帶雨」等也大有可比性。龐德回憶道：「我在協約車站走出了地鐵車廂，突然間，我看到了一個美麗的面孔，然後又看到一個，又看到一個，然後是一個美麗的兒童的面孔，然後又是一個美麗的女人。」顯然此詩的客觀對應物是一群陌生人，準確地講，是陌生人的「臉」，「花」不過是它們的象徵罷了。當時，龐德起草了一首三十行的詩，嗣後認為在意象的強烈程度上還很不夠，便銷毀了它。六個月過去了，他又寫了一首比前一首短一半的詩，但仍感到不滿意，又將其淘汰。直至一年後，他才使用「會意方法」（並列外表上無關聯的諸多形象）完成了這兩行俳句式的意象派傑作。這裡涉及了改詩的問題，王爾碑有一套自己的看法：「關於改詩，我有一種體驗：有時一首詩初稿還可以，改來改去，卻多了理念、技巧，而失去了第一感覺的真，或失去了原始的樸素，豐滿的魅力。有人說『詩是改出來的』，純屬工匠之談，非詩家語。」其同調即郭沫若「詩是寫出來的，不是做出來的」那句老話。我覺得，這也不可同日而語、一概而論，應當根據具體情形來定，誠如中國當代山水詩人、王爾碑的諍友孔孚所說：「出口成章，都是上乘，一字都動不得的天才，究竟少極。多的是『改人』。改詩，我想不僅是刪掉『非詩』的東西。即便『詩的』，就部分而言，也還有個『好』與『較好』之別。忍心割愛『較

好』，留下『極佳』，使詩更純淨一些，豈不更好？何樂而不為呢？更重要的，還在於改詩是一個不斷往深處開拓的過程，這裡有可能出現始料不及的新的創造。整個過程，情興逸飛，很有趣的」，龐德「用減」的例子正是這段話極佳的注腳，王爾碑自己不是也曾經常幫孔孚改詩嗎？

在創作「五四」時期著名的抒情長詩《毀滅》之前的一九二一年除夕，朱自清與葉聖陶秉燭臥談，兩床之間是一張雙抽屜的書桌，桌上燃著兩枝白燭。望著那搖搖曳曳的光焰，朱自清突然心血來潮，寫下了這首名為《除夜》的小詩。其中的客觀對應物明處是兩枝蠟燭，暗地裡卻是「絲毫不受外力牽掣」、「只為著表出內心而說話，說其所不得不說」（葉聖陶《與佩弦》）的兩個友人。卞之琳的詩曾是朱自清評論的對象（參看朱文《解詩》、《詩與感覺》），而《魚化石》「你我都遠了」云云恰巧是《除夜》之意的反動，王爾碑的《家景》更加深了這種趨勢，雖然卞、王所找的客觀對應物都是一對愛人。面對相似的主題，《魚化石》的抒情主人公則傾向於德國文豪歌德說的浪漫詩人、席勒說的傷感詩人，《家景》的抒情主人公則傾向於席勒說的素樸詩人、歌德說的古典詩人。後者滿足於摹仿現實世界、描寫樸素的自然和感覺，前者脫離自然，將其作為一種主觀理想來追求，常因求之不得而流於傷感。素樸詩人把自己附於現實，盡可能完善地觀照現實，他（她）感受自然的能力與自身的主觀能動認識相吻合，其詩歌達到了思想與感受、感受與自然的和諧統一。感傷詩人則因自身的主觀認識能力高於客觀感受力而喪失了那種和諧狀態，「和諧」只能作為一種理想而存在，詩人只能憑著對客觀現實的主觀印象

和觀感在藝術想像中去努力實現它。基於此，丁的抒情主人公在追問了「你真像鏡子一樣的愛我呢」之後，不得不傷感於理想（「我要有你懷抱的形狀」）的破滅──「你我都遠了乃有了魚化石」，而王爾碑卻鍾情「原始的樸素」（這應該與她曾在一個古老的山村度過童年有微妙的關係），「很想以輕鬆愉快的文字書寫沉重的人生」，甚至要呼籲「詩與技藝無緣，純係詩人心靈、感情、感覺之自然流露」。與宋詩人陳師道《絕句》「書當快意讀易盡」同理，不管是友人抑或愛人，一旦情投意合，兩人之間就會有說不完的共同語言，不知不覺，時間便「輕輕地踅過去了」。反之則像「兩座冰山／兩個宇宙」，相對無言，冷漠無情，徒與「街上」的「熱風景」形成一種慘酷的對照，這難道不比清文人紀曉嵐所謂「人不相知，日接膝而邈若山河」還要可怕嗎？

　　所謂「詩與技藝無緣」，表現之一是「擺脫韻腳糾纏」（王爾碑語）。韻（包括腳韻）與節奏不同，在詩歌中並非詩律的必然組成部分。許多民族都有無韻詩的傳統，從十九世紀末起，許多歐美詩人（包括龐德）也在努力擺脫腳韻。在這一層面上，王爾碑則可以算是中國當代詩人的代表之一（孔孚曾對王風趣地說：「『韻』可能把你看成一個『殺手』」）。她曾把孔孚《仙鶴岩》（「呆呆地仰著臉兒／站一隻腳⋯⋯／／天風在向你呼喚／翹首觀望為何」）的第二段改成「天風在問：／你等誰呢？」理由是：「原句似乎文了一些。且明顯地為了押韻。韻乃詩之大敵也！」又在孔孚《過五大夫松》（「看著那塊木牌／它頭髮都豎起來／／誰能瞭解它呢／／兩千一百年至今？」）的第二句末加了一「了」字，認為：「這樣可以避免押韻。我不反對用韻，但『腳韻』太密，可能

殺詩。」若拿這個標準來觀測,乙、丁、戊三首顯然可以順利過關,
而甲、丙二詩就會難免「『腳韻』太密」之嫌。其實,「叛韻」跟改
詩一樣,亦不可千篇一律,應當在不影響語感的前提下大膽而小心
地押韻,如朱自清的《除夜》就是成功的範例。我想,這一點王爾
碑也不會「反對」吧;譬如在一首名為《憶》的詩的末節(「有星
辰呼喊/有小鳥喧嘩在沉沉湖上/你跪著/只將灼熱的珍珠/灑
在她的身旁」)中,她就曾熟稔而自然地運用了頭韻、腹韻、腳韻
等多種韻式。

　　王爾碑曾說:「詩是一種遺憾的藝術。」又認為:「詩論家論別人
的詩,多的是理論高於體驗,難免『隔靴搔癢』之憾。詩人談自己的
詩,說自己寫詩,談詩的經歷,自然而然地上升到藝術理論,就會減
少上述遺憾。」這與錢鍾書《管錐編》所論「作者鄙夷評者,以為無
詩文之才,那得具詩文之識,其月旦臧否,模糊影響,即免於生盲之
摸象、鑒古,亦隔簾之聽琵琶、隔靴之搔癢疥爾」基本相合,而事實
也確乎如此。對評論者來講,遑論高手或蹩腳,這種隔靴搔癢之憾總
是難免的,本文亦不可能例外,只好請讀者姑妄聽之了。

附記

　　精神分析學的創始人佛洛伊德曾對他的學生們講:「一個人往
往不能實現一個合理的計畫;材料的本身常常突然介入若干事實,
使他不知不覺改變了初衷。材料雖很熟悉,但是陳述起來,也不能
盡如作者之意;往往話已說過了,但為什麼這樣說而不那樣說,事

後又令我們大惑不解。」上面已經結束的《比較》顯然也透露著這種宿命似的無奈，在此我只想補敘幾句王爾碑詩文所受的影響。

古今中外，一個詩人的創作不單要受旁人的左右，而且也會深受自己已成作品的影響。比如蘇東坡寫出名篇《飲湖上初晴後雨》之後，又曾多次用詩表達相同的意境，甚至照搬相同的字眼，詳見錢鍾書《宋詩選注》。王爾碑亦然。她的第一本散文集《雲溪筆記》以一首小詩作為《自序》——

　　往事如綠葉
　　一葉一朋友
　　一葉一人生

這既受了《孔孚集·題己（代自序）》的影響，更是自己一則散文詩（見下）的簡化——

　　老人，你為何收藏我？收藏你的往事嗎？
　　一葉一蝴蝶？
　　一葉一朋友？
　　一葉一人生？

再如《雲溪筆記》第 176 頁的《夜景》，則是自己一首同名小詩（見下）的擴充——

　　樓臺醉了
　　李白不飲
　　三千丈白髮豈是離愁

　　諸如此類影響的表現，或許就是法國哲學家拉·梅特里所謂「明哲之士」的「正當的自愛」吧，只要裡面沒有「包藏那種自鳴得意的危險」（《人是機器》）。

沉哀：戴望舒的愛和詩

　　1922 年，時在浙江杭州宗文中學讀書的戴望舒、張天翼和杜衡跟之江大學的學生施蟄存成立了蘭社。翌年秋季，戴和施又一同進入了上海大學文學系。也在這一年，戴望舒寫了一篇散文《回憶》，追述了他童年時代在北戴河發生的一個淒美的故事：他和自幼青梅竹馬的曼雲妹妹在海灘上玩耍，曼雲妹妹為揀貝殼被海浪卷走了，他說，他當時暈了過去，其後，「我終日在海濱盤桓著，有時二三隻輕鷗從頭上飛過。我總也癡也似的喚著曼雲妹妹，因為伊或者已化為鷗了，但是我想化作鷗呢？除非是在夢寐中罷。」他最早以「戴夢鷗」、「夢鷗生」為筆名，可見他對曼雲情意之深摯。她雖然只是他的童年玩伴，但其形象肯定會影響到他今後對愛情對象的審美與選擇。

　　1925 年 6 月 4 日，因師生參加「五卅」運動上海大學被查封，戴望舒於同年秋季入法國教會主辦的震旦大學法文特別班，準備結業後去法國留學。但第一次大革命高潮的濤聲吸引了思想激進的戴望舒和他的好友施蟄存、杜衡（原名戴克崇），1926 年 10 月，他們既加入共青團，又加入了國民黨。1927 年初，戴望舒由於參加革命宣傳活動被捕，後經同學父親的營救而被釋放。「四‧一二」事變後，戴望舒結束了在上海的學校生活，也結束了剛剛開始不久

的政治生活，與杜衡一起回到杭州，施蟄存則回到故鄉江蘇松江。不久，國民黨浙江省黨部擴大反共，杭州大有風聲鶴唳、草木皆兵之勢，施蟄存、杜衡、戴望舒的名字竟赫然印在了 9 月 6 日《申報》的《清黨委員會宣佈共產黨名單》中。為安全計，他們便轉到松江縣鄉下施蟄存的家中暫避。

著名的《雨巷》一詩極有可能就是戴望舒蟄居杭州老家（位於大塔兒巷 11 號）時寫成的。所以杜衡後來回憶說：「《雨巷》寫成後差不多有年，在聖陶先生代理編輯《小說月報》的時候，望舒才突然想起把它投寄出去。聖陶先生一看到這首詩就有信來，稱許他替新詩底音節開了一個新的紀元。」於是，《雨巷》就在 1928 年 8 月出版的《小說月報》第 19 卷第 8 號上面世了。據戴望舒的長女戴詠素說：「我表姐認為，施絳年是『丁香姑娘』的原型。施絳年雖然比不上我媽（指穆麗娟——趕秋按）以及爸爸的第二任太太楊靜美貌，但是她的個子很高，與我爸爸一米八幾的大高個很相配，氣質與《雨巷》裡那個幽怨的女孩相似。」這種看法顯然是受了詩作發表日期的誤導，不過我們把杭州的小巷如大塔兒巷看作是「雨巷」的原型應該不會太錯。

> 撐著油紙傘，獨自
> 彷徨在悠長、悠長
> 又寂寥的雨巷，
> 我希望逢著
> 一個丁香一樣地
> 結著愁怨的姑娘。

　　細心吟味前後文，這個「姑娘」絕對沒有現成的原型。「希望」一詞已經洩露了個中秘密，只有對自我和現狀感覺不滿足，才會對未來的充滿希望。詩中的「我」體現了詩人根深蒂固的納蕤思（又譯「納喀索斯」）情結，是帶有濃郁自戀傾向的自我關照；而這個「姑娘」也是「我」的鏡像，同樣隱喻著詩人對自我的確認。

　　戴望舒曾說：「詩是由真實經過想像而出來的，不單是真實，亦不單是想像。」《雨巷》一詩則幾乎全部出自想像（稱「我向思維」或「自我中心思維」或「白日夢」亦可），並不指向外界和具體問題，所以丁香姑娘的形象氣質並不是詩人真實的擇偶標準；在現實的情感需求當中，寂寥、愁怨的詩人並不想真正遇見一個同樣憂鬱的愛人，因為後來的事實說明：戴望舒是喜歡具有自己「陰影人格」的異性即互補型性對象的，而且傾向於不同氣質性格的互補。

「絳色的沉哀」──八年初戀

　　閒居無事，戴望舒、杜衡二人就在施蟄存家的小樓上以譯書消遣。在這段日子裡，戴望舒暗暗愛上了施蟄存的妹妹施絳年。絳年比他年幼五歲，青春漂亮，活潑開朗。而戴望舒雖然外表高大，面孔卻因天花落下了麻瘢，這在他內向的性格之外無疑會添加一些自卑，對獲得施絳年的好感更是一種障礙。但自戀好強的戴望舒卻一往情深，心裡愛之不足，還發諸詩文一詠三歎，最後終於忍不住要在自己於 1929 年 4 月發行的第一本詩集《我底記憶》的扉頁上分

別用法文和古羅馬詩人 A・提布盧斯的拉丁文詩句作出了含蓄的告白。其大意如下：

> 給絳年
> 願我在最後的時間將來的時候看見你
> 願我在垂死的時候用我的虛弱的手把握著你

在這部詩集中，如《山行》、《十四行》、《回了心兒吧》、《路上的小語》、《林下的小語》、《夜是》等大部分詩作都記敘了他的初戀之痛。由於詩人與施蟄存的關係到了忘於形骸的地步，施絳年也不便以果斷的拒絕來傷害詩人的心，只是報以溫柔的微笑，然而詩人僅認為是絳年的羞澀，而不明白她的暗示，仍舊苦苦追求，例如他在《我的戀人》一詩中就這樣寫道：

> 我將對你說我的戀人，
> 我的戀人是一個羞澀的人，
> 她是羞澀的，有著桃色的臉，
> 桃色的嘴唇，和一顆天青色的心。
>
> 她有黑色的大眼睛，
> 那不敢凝看我的黑色的大眼睛
> 不是不敢，那是因為她是羞澀的，
> 而當我依在她胸頭的時候，
> 你可以說她的眼睛是變換了顏色，
> 天青的顏色，她的心的顏色。

　　她有纖纖的手，

　　它會在我煩憂的時候安撫我，

　　她有清朗而愛嬌的聲音，

　　那是只向我說著溫柔的，

　　溫柔到銷熔了我的心的話的。

　　她是一個靜嫻的少女，

　　她知道如何愛一個愛她的人，

　　但是我永遠不能對你說她的名字，

　　因為她是一個羞澀的戀人。

　　經過一段時間後，施絳年婉言拒絕了詩人的求愛。戴望舒失戀後終日躁動不安，神情恍惚，苦不堪言。他熱切呼喚自己的戀人回到自己的身邊，《印象》、《到我這裡來》、《單戀者》等傾吐了失戀的苦澀。《到我這裡來》寫得非常性感而浪漫，其首節曰：

　　到我這裡來，假如你還存在著，

　　全裸著，披散了你的髮絲：

　　我將對你說那只有我們兩人懂得的話。

　　其靈感興許來源自法國舊教派詩人法蘭西斯・雅姆的詩《從前我愛過……》的末節：

　　來吧，來吧，我親愛的克拉拉伊麗貝絲：

　　讓我們相愛吧，如果你還在世上。

古老的花園裡有古老的鬱金香。

裸赤著來，啊，克拉拉伊麗貝絲。

為了排遣內心的鬱積，詩人與新感覺派的文朋詩友們一起去嫖妓，在此時期寫下的《百合子》、《八重子》、《夢都子》、《單戀者》、《老之將至》都記錄了他的沉淪與頹廢：「我走遍了囂嚷的酒場，／我不想回去，好像在尋找什麼」，日本舞女（百合子、八重子、夢都子皆是）「憂鬱的微笑」使詩人「也墜入懷鄉病裡」，恍惚間似乎真的獲得了一些身心上的代價和安慰，他有時竟然會覺得她們「有著意中人的臉，／春花的臉，和初戀的心」。後來，施蟄存在回憶戴望舒與劉吶鷗（早於穆時英、施蟄存成為新感覺派作家）等人的這段生活時說：他們每天飯後就「到北四川路一帶看電影，或跳舞，一般總是先看七點鐘一場的電影，看過電影，再進舞場，玩到半夜才回家。」然而這種洋場生活並未從根本上減輕詩人失戀的「沉哀」（戴望舒在不同時期都愛用這個詞來抒寫自己的感受，如《山行》「落月的沉哀」、《林下的小語》「絳色的沉哀」、《致螢火》「把沉哀來吞咽」、《過舊居》「壓著沉哀」。這個詞有時也用來翻譯外文，如《惡之花掇英‧入定》「我的沉哀」），反倒加深了施絳年對他的「冷漠」。某天，心力交瘁的詩人終於忍受不住徒然的期待，衝動內向的他主動約請施絳年最後一談，希望她能接受自己的感情，否則就跳樓殉情。施絳年既為戴望舒的赤誠所感動，也為他的自萌短見所震懾，遂勉強接受了他的愛。

戴望舒急忙回到杭州，請父母到松江向施絳年的父母提親。絳年的父母過去是不同意這椿婚事的，如今在這種情勢下再加上

施蟄存的支持，也勉強應承了。1931 年 9 月，戴望舒跟施絳年舉行了訂婚儀式。訂婚後的戴望舒終於能夠在小病後品嚐到愛情的些許芬芳，《村姑》、《野宴》、《三頂禮》、《二月》、《小病》、《款步》（一）諸詩均洋溢著他的喜悅。但婚期卻被拖延下來，施絳年提出要等到戴望舒出國學成歸來並找到一份穩定的工作後方能完婚。

　　1932 年 10 月 8 日，詩人登上「達特安」號郵輪離滬赴法。在當天的日記中，戴望舒屢次深情地提及施絳年：「今天終於要走了。早上六點鐘就醒來。絳年很傷心。我們互相要說的話實在太多了，但是結果除了互相安慰之外，竟沒有說了什麼話，我真想哭一回。……最難堪的時候是船快開的時候。絳年哭了。我在船舷上，丟下了一張字條去，說：『絳，不要哭。』那張字條隨風落到江裡去，絳年趕上去已來不及了。看見她這樣奔跑著的時候，我幾乎忍不住我的眼淚了。船開了。我回到艙裡。在船掉好了頭開出去的時候，我又跑到甲板上去，想不到送行的人還在那裡，我又看見了一次絳年，一直到看不見她的紅絨衫和白手帕的時候才回艙。……飯後把絳年給我的項圈戴上了。這算是我的心願的證物：永遠愛她，永遠繫戀著她。躺在艙裡，一個人寂寞極了。以前，我是想到法國去三四年的。昨天，我已答應絳年最多去兩年了。現在，我真懊悔有到法國去那種癡念頭了。為了什麼呢，遠遠地離開了所愛的人。如果可能的話，我真想回去了。常常在所愛的人，父母，好友身邊活一世的人，可不是最幸福的人嗎？」這裡所描述的種種互動並不能完全看成真愛純情的表露，或許用薩特的「自我欺騙」理論去分析會更加切合實際一些。

　　到巴黎後，戴望舒一面在巴黎大學旁聽，一面在一所語言學校學西班牙語。但他似乎對學位沒多少興趣，甚至沒有讀書計畫。他在法國忙於寫、譯，這跟他我行我素的詩人性格有很大關係。作為望舒的摯友，施蟄存在國內身兼他的代理、親友、財務總管等數職。望舒每月給施一定數量的文稿，施負責聯繫發表、出版事宜，並每月給他匯出一定的款項。但望舒的稿費根本不足以應付他在巴黎的生活，因此施還得在國內為他籌錢，時時接濟他。後來，戴望舒進入費用比較低廉的里昂中法大學攻讀法國文學史。但他在巴黎的「老毛病」馬上又犯了，很少去教室聽課，幾乎用全部時間來搞翻譯，只寫下了三首小詩──《見毋忘我花》、《微笑》、《霜花》來抒發、緩解自己對施絳年的思念和眷戀。可惜施此時已經愛上了別人，雖然嗣後詩人也通過一些渠道聽到了風聲，並從通信中覺察出了絳年的冷淡，但還是半信半疑。而為了不給遠在海外的詩人增添苦惱，施蟄存和其他國內親友一直瞞著詩人。等他寫信詢問時，施蟄存只說：「絳年仍是老樣子，並無何等惱怒，不過其懶不可救而已。」

　　後因參加法國和西班牙進步群眾的反法西斯遊行，里昂大學將戴望舒開除，並遣送回國。

　　1935 年 5 月，戴望舒回到了上海，得知已在郵電部門當職員的施絳年真的愛上了一個冰箱推銷員，既痛苦又氣憤。他當眾抽了施絳年一耳光，然後登報解除婚約，結束了為期八年之久的苦戀，再次陷入了絕望之中。《款步》(二)、《過時》、《有贈》、《微辭》、《姜薄命》、《尋夢者》、《樂園鳥》等是詩人從苦戀中解脫後沉重的心靈久久無法得救的呼喚，有時甚至到了「枯裂」的地步（《秋夜思》，作於 1935 年 7 月 6 日）。

近人分析說：留學生活上的困頓、獨身，精神上的寂寞，愛情上的冷漠，至旅法回國獲知施絳年移情別戀，婚變，這之間的性壓抑對於戴望舒的性情、心理和行為的影響是不可估量的，並引《不寐》一詩為證，進而認為這場無結果的情愛改變了戴望舒的婚戀觀，甚至在他心靈深處留下女人不可信的心理障礙，在某種意義上造成他個人生活的終生不幸。而戴望舒在與施絳年苦戀中所表現出來的心理特徵（憂鬱、自卑、自戀、絕望、要強。趕秋按：還應該加上「自我欺騙」）作為一種長期而牢固的心理因素，戴望舒未能也很難與之毅然訣別。這種觀點不能說沒有道理，但還須指出的是：早在 1929 年，戴望舒已經反省到自己的問題了，當時他就在《我的素描》詩中寫道：「我是青春和衰老的集合體，／我有健康的身體和病的心。／／在朋友間我有爽直的聲名，／在戀愛上我是一個低能兒。」而這段苦戀實際上只是戴望舒的一廂情願，其間敏感的他也自會有所察覺和動搖，比如他在《單戀者》中明言：「我覺得我是在單戀著」；又如他在出國前編定了一冊當時的詩歌創作總集《望舒草》，將包括《雨巷》在內的《我底記憶》中的前兩輯全部刪掉，顯然是不願那些示愛的詩篇使自己再沉浸到「絳色的沉哀」當中，因此也不想讓它們再和讀者碰面。

當然這種舉動也有詩藝上自我否定的意思，他似乎準備從此徹底放棄外在韻律（相關論述詳見《現代》第二卷第一期《望舒詩論》以及 1944 年 2 月 6 日《華僑日報・文藝週刊》之《詩論零札》）轉向自由詩體的更縱深的探索，其寫於 1934 年 12 月 5 日的《古意答客問》（戴生前最後一本詩集《災難的歲月》的首篇）只是一個因命題需要而產生的異數。1936 年以後直到 1945 年，詩人才真正重

新大肆地用起格律來，這之間的《眼》、《夜蛾》（兩者寫作時戴望舒已和穆麗娟結婚了）又成為對自由詩體的最後的回顧返照。至於 1937 年 1 月出版的《望舒詩稿》又把刪掉的個人情感紀錄（注意：不是實錄）全部收編回來，個中緣由頗堪尋味，誠如周良沛所論：「事過景遷，詩人把過去的個人情感紀錄，已看作一種藝術典型的表現。所以也就把某些拘於個人自我表述的文字作了修改。」

杜衡說：「從 1927 到 1932 去國為止的這整整五年之間，望舒個人的遭遇可說是比較複雜的。做人的苦惱，特別是在這個時代做中國人的苦惱，並非從養尊處優的環境裡成長的望舒，當然事事遭到，然而這一切，卻決不是雖然有時候學著世故而終於不能隨俗的望舒所能應付。五年的奔走，掙扎，當然儘是些徒勞的奔走和掙扎，只替他換來了一顆空洞的心；此外，我們差不多可以說他是什麼也沒有得到的。再不然，那麼這部《望舒草》便要算是最大的獲得了吧。在苦難和不幸底中間，望舒始終沒有拋下的就是寫詩這件事情。這差不多是他靈魂底蘇息，淨化。從烏煙瘴氣的現實社會中逃避過來，低低地念著『我是比天風更輕，更輕，／是你永遠追隨不到的。』（《林下的小語》）這樣的句子，想像自己是世俗的網所網羅不到的，而借此以忘記。詩，對於望舒差不多已經成了這樣的作用。」諸如此類真算得上是知音之論，不但「為賢者諱」，而且「助太后悲」。

馬克思說：「我們現在假定人就是人，而人跟世界的關係是一種合乎人的本性的關係；那麼，你就只能用愛來交換愛，……如果你的愛沒有引起對方的反應，也就是說，如果你的愛作為愛

沒有引起對方對你的愛，如果你作為愛者用自己的生命表現沒有使自己成為被愛者，那麼你的愛就是無力的，而這種愛就是不幸。」殘酷的事實證明：戴望舒的這場時間跨度漫長卻未迎來善果的初戀就是這樣的不幸，而這種有緣無份的不幸顯然影響了詩人短暫的一生。因為刻骨銘心的初戀與童年經歷同等重要，會直接關係到人格的養成，甚至可能成為導致性取向轉變的誘因。戴望舒生前只出過四本詩集——《我底記憶》、《望舒草》、《望舒詩稿》、《災難的歲月》，前三本裡最好最重要的情詩都與施絳年有瓜葛，這從一個側面也可以看出初戀對他的確影響至深。把戀愛中和失戀後的糾結或痛苦通過文字儘量表達出來其實是一種非常理想的心理代償遷移，有時侯比主動向自己信賴的人傾訴、麻醉於忙碌的工作或學習、與知己朋友發展更密切的關係等療法都要有效得多，尤其是對於內向、自卑的人來說，歷史上如恩格斯就曾用寫作《英國工人階級狀況》一書的方式來沖淡失戀的創痕。

蕭伯納說：「此時此刻在地球上，約有兩萬個人適合當你的人生伴侶，就看你先遇到哪一個。如果在第二個理想伴侶出現之前，你已經跟前一個人發展出相知相惜、互相信賴的深層關係，那後者就會變成你的好朋友。但是若你跟前一個人沒有培養出深層關係，感情就容易動搖、變心，直到你與這些理想伴侶候選人的其中一位擁有穩固的深情，才是幸福的開始，漂泊的結束。」很顯然，各方面條件並不當對的施絳年始終未跟戴望舒培養出深層的關係來，變心是勢所必然的，怪她也沒有用，我們大家甚至全人類只能齊聲一歎：「問人間情是何物」！

「沉哀，透滲到骨髓」——兩場婚姻

　　遭遇婚變的戴望舒寄居在劉吶鷗的江灣公寓裡，離新感覺派小說家穆時英的住所很近。朋友們的同情和安慰漸漸沖淡了他失戀的悲苦。穆時英是朋友中對望舒最為欽佩的一個，他經常把戴稱做「先鋒」，為了幫助望舒儘快渡過失戀危險期，他對望舒說：「咳，施蟄存的妹妹有什麼了不起，我的妹妹比他妹妹漂亮十倍，我給你介紹。」對於穆時英的這句話，戴望舒起初並沒有當真。但是，當他第一眼看到穆麗娟時，便彷彿真正逢著了雨巷中那個丁香花一樣結著愁怨的姑娘。穆麗娟皮膚非常白，長得很秀氣，有一種中國古典美人的味道，傾刻間便撥動了這位一向追求完美的詩人的心弦。於是，戴望舒開始走出失戀的陰影，主動去接近這個比他小十二歲的名副其實的柔美女子。

　　穆時英更是極力撮合戴望舒和穆麗娟，常讓年方十六的單純嫻雅而落落大方的妹妹陪伴苦悶中的詩人郊遊、跳舞，和他打橋牌，幫他抄文稿。詩人的才情、學識令這位愛好文學的少女傾慕不已，她覺得能和戴望舒在一起是一件非常榮幸的事情。她也知道詩人在婚戀上的失敗，但她並不計較。也因此，他倆的相處過程是非常順利、非常簡單化的。

　　1935 年冬，戴望舒和穆麗娟訂婚。

　　1936 年的初夏，正在籌備婚事的戴望舒收到了父親病故的消息，依照傳統習俗，應該為父親守孝一年，婚期自然將要拖延。但

因為有了前一次的情感失敗，戴望舒擔心夜長夢多，便決定不顧禮數，於 1935 年 6 月在上海四川路的新亞飯店裡如期完婚。當天，戴望舒和穆麗娟舉行的是隆重的西式婚禮，高大魁梧的戴望舒西裝革履，「溫柔又美麗」的穆麗娟則身披白色婚紗，男才女貌的他倆成了當時文藝界中最讓人羨慕的一對。

　　婚後，戴望舒和穆麗娟搬到了上海亨利路永利村 30 號。最初的半年內，每逢週末，戴望舒都會帶穆麗娟到新亞茶室與文友們飲茶，有時候也會一起出去跳舞。安定的生活使戴望舒在創作上有了很大的進展，他還應胡適的聘請著手翻譯塞萬提斯的名著《唐吉訶德》。這一年，他所籌辦的《新詩》雜誌也正式創刊。

　　不久，他們生下了一個女兒，取名戴詠素，小名朵朵。這時，沉醉在新婚燕爾中的戴望舒寫下了詩《眼》來抒發自己與愛人身心交融的幸福體驗：

> 在你的眼睛的微光下
> 迢遙的潮汐升漲：
> 玉的珠貝，
> 青銅的海藻……
> 千萬尾飛魚的翅，
> 剪碎分而復合的
> 頑強的淵深的水。
>
> 無渚崖的水，
> 暗青色的水，

在什麼經緯度上的海中，
我投身又沉溺在
以太陽之靈照射的諸太陽間，
以月亮之靈映光的諸月亮間，
以星辰之靈閃爍的諸星辰間，
於是我是彗星，
有我的手，
有我的眼，
並尤其有我的心。

我晞曝於你的眼睛的
蒼茫朦朧的微光中，
並在你上面，
在你的太空的鏡子中
鑒照我自己的
透明而畏寒的
火的影子，
死去或冰凍的火的影子。

我伸長，我轉著，
我永恆地轉著，
在你永恆的周圍
並在你之中……

我是從天上奔流到海，

從海奔流到天上的江河，

我是你每一條動脈，

每一條靜脈，

每一個微血管中的血液，

我是你的睫毛

（它們也同樣在你的

眼睛的鏡子裡顧影）

是的，你的睫毛，你的睫毛，

而我是你，

因而我是我。

　　然而很快戴望舒的老九尾巴（指嗜書之癖，例見其詩《古意答客問》「你問我的歡樂何在？／──窗頭明月枕邊書」、其文《巴黎的書攤》《記馬德里的書市》《香港的舊書市》等）就露出來了，成天手不釋卷，無意中冷落了正需愛人呵護的妙齡嬌妻。後來穆麗娟對來採訪她的人說：「家裡像冰水一樣，沒有任何往來，他是他，我是我，書本第一，妻子女兒是第二。」而在戴望舒眼裡，她永遠是個孩子，他從來沒把她當成大人看待，任何事情──比如說要去哪裡、搬家甚至一些大的家庭事務──都不跟她商量，過後才通知她，這些通通都讓穆麗娟感到不悅。

　　1937 年 8 月 13 日，日本侵略軍進攻上海，上海成了圍城。

1938 年 4 月電影《初戀》上映後，由戴望舒作詞（改編自《有贈》一詩）、黃飛然等歌星演唱的主題歌〈初戀女〉風行一時，穆麗娟每次聽到這首歌總是倍感傷懷。據戴望舒的外甥女鍾萸解釋：歌詞裡面「就是說忘不掉施絳年，他說『你牽引我到一個夢中，我卻在別個夢中忘記你』，現在就是『終日我灌溉著薔薇，卻讓幽蘭枯萎』。幽蘭是施絳年，他心裡想的。穆麗娟是薔薇，是有刺的。」在同戴望舒吵嘴時穆麗娟甚至講：「你把你的感情全部給了施絳年，沒有給我！」其實對於沒能得到的東西難以忘懷也是人之常情，更何況這東西是人生的第一次寶貴經歷呢，正如錢鍾書所說：「我們對採摘不到的葡萄，不但想像它酸，也很可能想像它是分外地甜。」

同年 5 月，戴望舒舉家乘船離開上海。戴望舒原打算先在香港把家安頓好，然後再到大後方去參與文藝界的抗敵工作。但是一個偶然的機會讓他改變了計畫，此時因發明了「萬金油」而成為巨賈的胡文虎正在籌辦《星島日報》，他的兒子胡好希望戴望舒出任該報副刊的主編，並支持戴望舒創辦他理想中的副刊，於是戴望舒便留在了香港。

當時大批從內地來香港的文化人只能住在簡陋的房子裡，而戴望舒卻千方百計找到了位於薄扶林道附近山上的一座小洋樓（WOOD BROOK，一般人叫它「木屋」，戴卻詩意地稱之為「林泉居」），讓家人有個好的住處。他和穆麗娟在樓下的空地上開闢出一個小園子，種了一些瓜果蔬菜。當時一般的朋友都覺得戴、穆夫妻琴瑟和諧，其家也成了許多文人聚會的地方。在 1944 年，戴望舒曾用詩句向戴詠素回憶道：

我們曾有一個安寧的家，

環繞著淙淙的泉水聲，

冬天曝著太陽，夏天籠著清蔭，

白天有朋友，晚上有恬靜，

……

我們曾有一個臨海的園子，

它給我們滋養的番茄和金筍，

你爸爸讀倦了書去墾地，

你媽媽在太陽陰裡縫紉，

你呢，你在草地上追彩蝶

（《災難的歲月・示長女》）

　　但好景總是不長。在忙碌的編輯、創作、翻譯之外，戴望舒還成了中華全國文藝界抗敵協會香港分會的負責人之一。事業上有了飛躍發展的戴望舒早出晚歸，使得穆麗娟更加感覺沉悶和空虛。而此時，一連串突如其來的事故更加深了兩人的情感裂痕。

　　施蟄存來港在林泉居小住，戴望舒為了報復施絳年，故意讓施蟄存和他們夫妻倆同睡一房。1940 年 6 月，穆時英在上海四馬路被國民黨特務刺殺身亡。穆麗娟得到消息之後痛哭流涕，戴望舒卻當著眾人的面呵斥她：「你是漢奸妹妹，哭什麼勁？」自然也不准穆麗娟回上海奔喪。半年後，也就是 1940 年的冬至，穆麗娟的母親又在上海病逝。而戴望舒卻扣下了報喪電報，沒有告訴穆麗娟。一日，穆麗娟穿著大紅衣服，葉靈鳳的妻子趙克臻就笑她「你母親死了還穿大紅衣服」，這時她才知道噩耗。

穆麗娟終於忍無可忍，當掉了自己的首飾，帶著戴詠素坐船走了。回到上海後的穆麗娟因沒能見到母親最後一面而悲痛萬分，由此她開始認真考慮自己的前途命運。料理完母親的後事，穆麗娟便滯留在了上海。

一天，穆與戴的姐姐戴瑛在一茶樓喝茶，被旁邊三個大學生所看到，他們立刻被穆麗娟的美貌迷住了，結果盯哨至穆家門口，其他兩個大學生走了，只留下一朱姓青年。他堅持不懈地寫信求愛，並每天送一束鮮花，這終於打動了穆心，不久兩人便開始了約會。這時的穆才 23 歲，從和朱的交往中感到了戀愛的浪漫和快樂，於是她便寫信給丈夫提出了離婚的要求。當戴知道後火速從香港趕到上海來勸說朱姓青年，結果這小子識大體懂大局，據說從此走上革命道路、進大別山打游擊去了。

對穆麗娟戴望舒也是好言相勸，最後甚至跪在她腳底下求她，穆竟然決絕地說：「我拉泡屎你吃了，我就跟你回去。」這時，上海汪偽政府宣傳部次長胡蘭成得知戴望舒回來，便託人傳話要他留在上海辦報紙，說：只要答應，就能保證穆麗娟回到他的身邊。但是戴望舒拒絕了這種交換，在上海僅僅住了三天就獨自返回了香港。

在 1941 年 8 月的日記中，戴望舒這樣寫道：「她說她的寂寞我是從來也沒有想到過，這其實是不然的。我現在哪一天不想到她，哪一個時辰不想到她。倒是她沒有想到我是如何寂寞，如何悲哀。我所去的地方都是因為有事情去的，我哪裡有心思玩。就是存心去解解悶也反而更引起想她。而她卻不想到我。」在不止一次的夢中，戴望舒總是看見穆麗娟「穿著染血的嫁衣」。這一切都不是什麼好的徵兆。

　　1941 年，剛過完元旦，身在上海的穆麗娟收到了戴望舒寫給自己的絕命書：「從我們有理由必須結婚的那一天起，我就預見這個婚姻會給我們帶來沒有完的煩惱。但是我一直在想，或許你將來會愛我的，現在幻想破滅了，我選擇了死。離婚的要求，我拒絕，因為朵朵已經五歲了，我們不能讓孩子苦惱，因此我用死來解決我們間的問題。它和離婚一樣，使你得到解放。」穆麗娟看後竟也慌了神，便去找戴瑛，可是連戴瑛也不相信弟弟會真的自殺，她說：戴望舒已經自殺過一次了，他是死不了的。

　　然而接下來的事實出乎所有人的意料，戴望舒真的服了毒。而且情況非常嚴重，但最後還是被朋友救了。穆麗娟呢，也並未因此而回心轉意，她的態度堅決依舊：「一旦決定了，我就不改變」；「今天我將堅持自己的主張，我一定要離婚。」至此，兩人的情感已徹底破裂，雙方協商後通過律師辦理了為期半年的分居協議以觀後效，期間穆麗娟和朵朵的生活費由戴望舒負擔。

　　儘管到了這步田地，戴望舒仍繼續努力修補已經殘破不堪的婚姻，書信不斷不說，還把自己的日記寄給她，「為了她可以更充分一點地瞭解」自己，又從他們婚後的充滿親情的照片中精心挑選出 30 多張製成精巧的相冊寄到上海，提醒她不要忘記三口之家的幸福，殷切盼望與之重歸於好。

　　不久香港淪陷，他倆的通信就徹底中斷了。在中共中央直接關懷下，有三百多名愛國民主人士和文化界名人先後離開香港抵達後方，戴望舒因捨不得一屋子多年收集起來的好書、又怕過顛沛流離的生活等緣故而滯留了下來。1942 年 3 月，日本侵略者以宣傳抗日的罪名逮捕了戴望舒。在獄中，他被灌過辣椒水，坐過老虎凳，

受盡種種折磨，但仍堅貞不屈。在 4 月底他寫下著名的《獄中題壁》之詩，做好了最壞的打算。幸好吉人自有天相，5 月葉靈鳳設法將他保釋出獄。不過本來體格強健的他變得十分虛弱，原有的哮喘病也更加嚴重了。

嗣後，他和葉靈鳳等同在大同圖書印務局擔任編輯。這個印務局受日本文化部管制，他們便利用工作之便暗中挑選來自東京的各種書報雜誌交給敵後工作者。

就在此時，一位二八佳人走進了他的生活。她叫楊靜，又名楊麗萍，原籍浙江鎮海，在香港長大，嬌小美麗，熱情活潑，一派南國少女的風采。父親早逝，母親另適。1942 年，楊靜應聘進入大同圖書印務局經理部當了抄寫員。局裡日本人常來常往，戴望舒覺得像她這樣年輕不諳世事又長得漂亮的女孩處境是非常危險的，勸她辭掉工作，到他家裡幫忙抄寫和謄正草稿。於是兩人朝夕相處，情愫頓生，在 5 月 30 日那天就結了婚。

不久，港滬之間的交通和郵路開始恢復。11 月 24 日，戴望舒致函穆麗娟「同意離婚」，還寄去了他和楊靜的結婚照片。半年後，穆麗娟也找到了自己感情上新的歸宿。1943 年 1 月 23 日，戴望舒正式寄出了離婚契約。

關於離婚的原因，穆麗娟後來分析道：「從小家裡只有我一個女孩子，家庭和睦，環境很好。看戴望舒粗魯，很不禮貌，我曾經警告過他，你再壓迫我，我就和你離婚。他聽了也沒說什麼。他對我沒什麼感情，他的感情給施絳年去了。」又說：「畢竟相差十二歲，而且兩個教養也不一樣，一個是中學畢業，一個是出洋留學的著名詩人，彼此之間還是有差距的。」

　　也是因為家庭、教養、性格、年齡之類的懸殊，加之婚前缺乏深入瞭解，戴楊的婚姻最終也出現了危機。1948 年末，楊靜愛上了住在同一幢房子裡的一位蔡姓青年，向戴提出離婚，戴望舒做了種種努力都未能奏效。

　　不過在此之前，戴望舒和楊靜的生活還是安定愉快的，家中景況也不錯。1944、1945 年二朵（詠絮）、三朵（詠樹）相繼誕生，給災難的歲月又增添了不少甜蜜和慰籍。1944 年 6 月《贈內》一詩即是詩人對自己中年婚戀生活的幸福吟詠——

　　　　空白的詩帖，
　　　　幸福的年歲；
　　　　因為我苦澀的詩節，
　　　　只為災難樹里程碑。

　　　　即使清麗的詞華
　　　　也會消失它的光鮮，
　　　　恰如你鬢邊憔悴的花
　　　　映著明媚的朱顏。

　　　　不如寂寂地過一世，
　　　　受著你光彩的薰沐，
　　　　一旦為後人說起時，
　　　　但叫人說往昔某人最幸福。

後因姓蔡的妻子執意不肯離婚，楊靜最終未能與他遠走他國。1949 年 4 月 7 日，沐浴在新中國光芒裡的詩人給楊靜寫信，極力要求她北上，可惜未果。晚年的楊靜回憶說：「那時候自己年齡太小，對他瞭解不多，也沒有想到要好好瞭解他，現在看來，可以說是一件憾事。」

至此，戴望舒的三段愛情均以失敗而告終。更為糟糕的是，在失戀危險期內，詩人常自覺不自覺地產生了各種消極的挫折行為反應：一是自殺，而且是心理滿足型和心理解脫型兼而有之；一是報復，除了上述扇施絳年耳光、讓施蟄存和他們夫妻倆同睡一房、寄他和楊靜的結婚照給穆麗娟等行為之外，心理滿足型自殺也是為了報復和懲罰對方；一是內鬱，主要表現為焦慮、悲傷、頹廢等。自殺和報復都屬於外泄性攻擊，換言之，外洩性攻擊包括直接攻擊（扇施絳年耳光、寄結婚照給穆麗娟）、自我攻擊（服毒自殺）、轉向攻擊（讓施蟄存和他們夫妻倆同睡一房）等。然而詩人畢竟是詩人，他有著高度的文化素養和傑出的才能，自然也有極強的自控能力，所以也自覺不自覺地採取了積極的行為反應：一是轉移，包括環境的轉移和感情的轉移，以達到淡忘對方的目的；一是昇華，將動機和行為引向崇高的方向，如發奮工作、勤於譯著等。

難能可貴的是，戴望舒也經常檢討自己、體諒對方，例如他曾在日記中寫道：「麗娟到底是一個有一顆那麼好的心的人。在她的信上，她是那麼體貼我，她處處都為我著想，誰說她不是愛著我呢？一切都是我自己不好，都是我以前沒有充分地愛她——或不如說沒有把我對於她的愛充分地表示出來。也許她的一切行為都是對我的試驗，試驗我是否真愛她，而當她認為我的確是如我向她表示的那

樣，她就會回來了（但是我所表示的只是小小的一部分罷了，我對於她感情深到怎樣一種程度，是怎樣也不能完全表示的）。正像她是註定應該幸福的一樣。我的將來也一定是幸福的，我只要耐心一點等著就是了。……是的，我將是幸福的，我只要等著就是了。」雖然這裡面還不能完全排除自我欺騙和自我安慰的因素，但是非和平的環境、殘酷的革命鬥爭與動盪的人心對他的婚變也有著不可忽略和推卸的責任。最近有人撰文稱「戴望舒的刻板斷送了一生愛情」，顯然不能說服理智的讀者。

　　我們有理由相信，如果詩人不是英年早逝，生活和工作不再忙碌緊張，性格缺陷經過加強修養有所改觀，他一定還會遇見幸福的，而且極有可能還是那種志同道合、白頭偕老的幸福，就像《災難的歲月》的壓卷之作《偶成》所預言的那樣——

> 如果生命的春天重到，
> 古舊的凝冰都嘩嘩地解凍，
> 那時我會再看見燦爛的微笑，
> 再聽見明朗的呼喚——這些迢遙的夢。
>
> 這些好東西都決不會消失，
> 因為一切好東西都永遠存在，
> 它們只是像冰一樣凝結，
> 而有一天會像花一樣重開。

莎士比亞式比喻

　　錢鍾書先生認為蘇東坡的文學作品「在風格上的大特色是比喻的豐富、新鮮和貼切，而且在他的詩裡還看得到宋代講究散文的人所謂『博喻』或者西洋人所稱道的莎士比亞式的比喻，一連串把五花八門的形象來表達一件事物的一個方面或一種狀態。這種描寫和襯托的方法彷彿是採用了舊小說裡講的『車輪戰法』，連一接二地搞得那件事物應接不暇，本相畢現，降伏在詩人的筆下。」「博喻」或「莎士比亞式的比喻」又名「複喻」，是比喻的一種，不單為莎士比亞、蘇東坡等古代文人所擅長，現代作家往往也能得心應手地運用它來增添文章的形象密度、加強語感與氣勢，使讀者獲得更為真切深刻的印象。

　　歐洲美學思想的奠基人亞理斯多德宣稱：「比喻是天才的標識。」錢鍾書也說過：「比喻是文學詞藻的特色。」有目共睹的文學文本不折不扣地證明，錢先生正是這樣的天才。他曾在一篇短篇小說裡如此刻畫人的寵物：

> 貓是理智、情感、勇敢三德全備的動物：它撲滅老鼠，象除暴安良的俠客；它靜坐念佛，象沉思悟道的哲學家；它叫春求偶，又象抒情歌唱的詩人。

——錢鍾書，《貓》

（見海峽文藝出版社 1991 年版《人・獸・鬼》）

撲鼠表現了貓勇敢的一面，靜坐表現了貓理智的一面，叫春表現了貓情感的一面。錢先生在拿博喻把貓人格化的同時也暗度陳倉將人貓化了，對「某一類人物」進行了貶低和諷刺，譬如說貓求偶叫春像抒情歌唱的詩人，言外之意某些自命不凡的詩人有時抒起情來不過是貓叫春而已，例如《圍城》內那位圓臉的蹩腳詩人曹元朗。挖苦歸挖苦，對於真正用功的詩人，錢先生並不會吝惜他的筆墨來加以褒獎——在創作《貓》和《圍城》之前，他就曾發表過一篇長文來「公平無偏頗」地賞析與他同時期的詩人曹葆華的詩集《落日頌》。

魯迅先生對稱職而正直的詩人更是表揚有加。在錢鍾書的詩評面世後的第三年，也就是 1936 年，一個小雨淅瀝的暮春的午後，魯迅收到一封遠道寄來的信，請求他為光榮犧牲了的「左聯」革命青年作家殷夫的詩集《孩兒塔》寫一篇序言。「惆悵」之餘，魯迅先生飽含深情地讚歎道：

> 這《孩兒塔》的出世並非要和現在一般的詩人爭一日之長，是有別一種意義在。
>
> 這是東方的微光，是林中的響箭，是冬末的萌芽，是進軍的第一步，是對於前驅者的愛的大纛，也是對於摧殘者的憎的豐碑。一切所謂圓熟簡練，靜穆幽遠之作，都無須來作比方，因為這詩屬於別一世界。

　　　　　　　　　　　　——魯迅，《白莽作〈孩兒塔〉序》
　　　　　　　（見浙江文藝出版社 1984 年版《殷夫集》）

　　如果稱錢鍾書的貓論是「明喻的博喻」，那麼魯迅這段採用的則是「暗喻的博喻」。一連迭用「東方的微光」、「林中的響箭」、「冬末的萌芽」、「進軍的第一步」、「愛的大纛」、「憎的豐碑」等六個比喻構成了震撼人心的藝術力量，挑明了《孩兒塔》字裡行間所獨具的進步意義。這種將抽象的東西形象化的手法正是博喻以及所有比喻的家常便飯，古今中外的文學作品乃至我們的日常用語之中都不乏其例，如眾所周知的鄧小平同志的貓論──1962 年他在《怎樣恢復農業生產》的講話中說：「生產關係究竟以什麼形式為最好，恐怕要採取這樣一種態度，就是哪種形式在哪個地方能夠比較容易比較快地恢復和發展農業生產，就採取哪種形式；群眾願意採取哪種形式，就應該採取哪種形式，不合法的使它合法起來。這都是些初步意見，還沒有作最後決定，以後可能不算數。劉伯承同志經常講一句四川話：『黃貓、黑貓，只要捉住老鼠就是好貓。』這是說的打仗。我們之所以能夠打敗蔣介石，就是不講老規矩，不按老路子打，一切看情況，打贏算數。現在要恢復農業生產，也要看情況，就是在生產關係上不能完全採取一種固定不變的形式，看用哪種形式能夠調動群眾的積極性就採用哪種形式。」1984 年，鄧小平在上海得知被譽為「江南貓王」的畫家陳蓮濤仍健在，便託人捎信向陳致意。陳精心構思，畫了一幅黑白《雙貓圖》獻給鄧小平。畫中的題詞云：「不管白貓黑貓能捉老鼠就是好貓」。翌年，這句妙喻被登在了美國《時代》週刊之上，從此聞名於全世界。

　　鄧小平的戰友毛澤東同志也慣用博喻來擺事實、講道理，其嫻熟程度、傳播力度有時甚至比專業作家還有過之而無不及，下面僅舉兩例以見一斑：

我所說的中國革命高潮快要到來，決不是如有些人所謂「有
到來之可能」那樣完全沒有意義的、可望而不可即的一種空
的東西。它是站在海岸遙望海中已經看得見桅杆尖頭了的一
隻航船，它是立於高山之巔遠看東方已見光芒四射噴薄欲出
的一輪朝日，它是躁動於母腹中的快要成熟了的一個嬰兒。

——毛澤東，《星星之火，可以燎原》

（見人民出版社 1986 年版《毛澤東著作選讀》上冊）

講到長征，請問有什麼意義？我們說，長征是歷史紀錄上的
第一次，長征是宣言書，長征是宣傳隊，長征是播種機。

——毛澤東，《論反對日本帝國主義的策略》

（出處同上）

　　用一連串的喻體從不同的角度多維地描繪、說明同一個本體，
以強化本體的狀態、特徵，這就是博喻。已經展露桅尖的「航船」、
「噴薄欲出」的朝陽、快要誕生的「嬰兒」三個喻體同心協力表達
出本體「中國革命高潮」即將到來這麼一個振奮人心的事實。而「宣
言書」、「宣傳隊」、「播種機」這三個稀鬆平常的喻體則揭示了本體
「長征」在各方面的偉大意義。

　　淋漓盡致的博喻完全可以視為「散文詩」，雖然偶爾也會給人
眼造成光怪陸離的感覺，比如李賀《李憑箜篌引》、李商隱《錦瑟》
中的博喻，但它的氣勢是銳不可擋的、澎湃群情的，彷彿唐代書法
家張旭的狂草，筆意輾轉鉤連，「變動猶鬼神」，在人心上鐫銘下亙
古不滅的風流偶儻。

詩人是餓不死的

2006 年，一個中國作協的作家（男，主攻散文、小說）聽一個省作協的作家（女，主攻詩歌、劇本）說「林趕秋也在寫詩」之後自負地感慨道：「詩人都餓死了！」言下之意：上世紀八十年代的新詩狂潮早已退去，在當今的文化市場中詩集是沒有競爭力的，詩人是無利可圖的。

古話云「酒逢知己飲，詩向會者吟」，這個作家顯然不是會者，他太低估詩人了。

真正的詩人是多才多藝的，如嫻於繪畫的席慕蓉、會做大生意並以長篇小說問鼎茅盾文學獎的熊召政等等，哪一位不是寫詩出的名？他們的經濟收入不知超過了這個作家多少倍，即使人老情枯再也寫不出詩，生活過得照樣富足而滋潤。

真正的詩人是憂國憂民的，不會因自己詩作的不走紅、不暢銷而沮喪，更不會因此背叛繆斯，詩是他（她）最熟稔的表達方式，詩是他（她）最寵愛的子女。如果外界不理解、不歡迎它們，他們寧願選擇「藏拙」、敝帚自珍。然而在詩人的眼裡，它們並不拙、並不敝，因為真正的詩人是高傲的，「俗則不能高，無才安敢傲」，真正的詩人是超凡脫俗的天才，至少也是「跡每同人，心常異俗」的人才！

　　當生活的窘迫、疾病的困擾向詩人襲來，詩就會從子女的角色突變為精神支柱，支撐起詩人的鬥志和毅力。詩與詩人迅速達成共識：「挺住，便意味著一切！」詩與詩人相互扶持，相依為命。

　　蠶吐絲作繭自縛，為的是將來能破繭成蝶，詩人吐詩不但能供養、推動別人的精神生活，而且能改善、美化自己的物質生活，而生活美、善的程度並不能全用金錢來衡量。

　　當沒有麵包和牛奶的時候，詩人至少還有詩；當沒有體諒和讚譽的時候，詩人至少還有詩。

　　總之，真正的詩人是「不知饑饉」、不畏饑饉的強者！

枕上詩書閒處好（下）

書話小考

　　「書話」之名明人已有記載，楊慎《丹鉛錄》及胡應麟《丹鉛新錄》均云：唐有五僧善書，劉涇嘗作《書話》，以懷素比玉，以辯光比珠，以高閒比金，以貫休比玻璃，以亞棲比水晶。跟清人劉熙載的《書概》相彷彿，此《書話》只是對書法作品的評價而已。

　　「書話」之實至少可以上溯到漢人劉向的《別錄》和其子劉歆的《七略》，如果不僅僅將它們視作目錄學著作的話。以此類推，《讀書敏求記》之類的藏書家言也可以算是「書話」。

　　近人唐弢談自己的《書話》曾說：「中國古代有以評論為主的詩話、詞話、曲話，也有以文獻為主，專談藏家與版本的如《書林清話》。《書話》綜合了上面這些特點，本來可以海闊天空，無所不談。不過我目前還是著眼在『書』的本身上，偏重知識，因此材料的記錄多於內容的評論，掌故的追憶多於作品的介紹。至於以後會寫成什麼樣子，那是將來的事，不必在這裡預告。」將來來了，「書話」的樣子簡直出乎意料之外十萬八千里！不信？讀者諸君請拭目以看今日網上之「閒閒書話」：上下無量之年，縱橫罔極之里，既以人生為典籍，且秉承伽利略、歌德借宇宙喻卷冊之義，嬉笑怒罵，皆成書話。

書、書話、書評之我見

我沒抓過周。但我偶爾會想：如果父母當年也讓我抓上一回，恐怕我也要抓一本書吧，就像錢鍾書那樣。

每天我一睜開眼，就會看見滿屋滿地似青山般亂疊的圖書，陸游的「書巢」較之於我的不過是小巫而已。

林和靖妻梅子鶴，我則做好了妻書子書的準備。

然而我基本上不會在公開場合談論書，因為真愛通常是不需要理由和聲明的。

有時我甚至想：地震沒有損失我的藏書，是書神長恩有眼、可憐我的一片癡心真情。

發現不少線民開 BLOG、設立部落與 QQ、MSN 群天天談書，就覺得很假。人人都愛錢，為什麼大家不天天寫錢呢？怕人說自己銅臭？難道談書就香就有品味了？

讀書和寫作一樣，是一件很私秘、很冷靜的事，而不是打群架、搞運動。

如果你不懂書、不用心去愛，要麼書是你的囚徒，要麼你就是書的奴隸！

　　從未發現當下鋪天蓋地的所謂書話和書評有什麼大的區別，都不過是書的軟廣告、高帽子罷了——即便是書的諍友，也大多是淺薄的。

　　我把自己一些關於書的文字叫作讀書筆記，它們既是書的知音，也是書的醫生。

讀書感言

一

「人生識字憂患始」，字識多了，人就越來越糊塗了。也許聰明的不會這樣，我只說不夠愚昧的自己。識了二十多年中國的字，識了十多年外域的文，一些通俗的片語的概念卻界定不來了，你若讓我解釋什麼叫「文化學者」、什麼叫「零距離」，我恐怕只能一問搖頭三不知。難道是因為這些概念所涵蓋的現象太過紛繁蕪雜、眩目耀眼，很難有足夠的定力去抽繹出明晰的線索、簡單的綱領？終於，我被字海湮沒，勉強掙扎著浮出水面，心靈已不是潮濕的「白板」（tabula rasa），而成了溼漫的字紙。

在這裡，「識字」是我對「讀書」一詞的陌生化稱謂。到了一定的階段或者境界，讀書的切入點應該是健康的心態，即教師苦口宣揚而學生充耳不聞的「學習態度」。在此時，我比任何一次醉酒後都更清醒。然而當偏宕過激的批評雪崩般襲來，或在事外或在局中的我又重歸渾沌。我偏激地想，如果我不識字，那該多好。

但我明白，那些批評其實導源於變質的心態，名利則是它的病根，翻案成風、人身攻擊代替文藝論戰則是它的症狀。幸運的是，哲學家們首先擔當起了撥亂反正的歷史重任。中國的熊十力如是說：「讀書是要先看出它的好處，再批評它的壞處，這才像吃東西一樣，經過消化而攝取了營養。」英國的培根如是說：「讀書時不可存心詰難作者。」美國的艾德勒如是說：「把交談當做爭論的人不管正確與否，只想充當一個對抗者，只想以成功地表示反對來獲得勝利。用這種精神來讀書的讀者，閱讀的目的就是為了找出他能夠反對的東西。對於那些愛好爭辯的人來說，是總會找到挑起爭辯的事端的，不管你願不願意和他爭論。」理解這些自覺覺他的名言，我的腦海逐漸恢復澄澈。原來，健康的心態毫不需要外援，而只須自我進行調整，甚至簡單得像把張開的弓鬆馳回初始狀態一樣。

然而，人終究是人，不是無夢的至人（見《莊子》），他有人生，有人生就有慾望，有慾望就有煩惱。佛教把愛、恚、慢、無明、見、取、疑、嫉、慳稱為九結（見《成實論》），說這九種東西結縛眾生，使人不能擺脫生死的煩惱。其實，識字又何嘗不是一種「無繩約而不可解」（《老子》）的結呢？儘管我們可以找出偏激的病根，然而我們的理智往往抵抗不住我們的情感，一不小心、一步之差，我們就可能滑入從此一種偏激轉向彼一種偏激的惡性循環之中，悲劇性也便不可避免地趨於永恆。在某種意義層面上，我們是否可以這樣結論：沒有本族文字又不說外族文字的種群才能相對地擁有難得糊塗的煩惱人生呢？

二

北齊《顏氏家訓‧勉學》所謂「觀天下書未遍，不得妄下雌黃」雖然原是針對「校定書籍」而言，我們今天寫文章發表意見前也應該用它來提醒自己，看自己是否在「開黃腔」（西南官話，略侔於「胡說八道」）、作出的結論是否信而有征。

讀書未遍不但可以導致雌黃妄下，還能助長我們的狂妄自大，自信自己是「通人」而不自覺自己的自閉無知。例如，岑仲勉先生「學問廣博，甚多建樹。但是對中外地名人名的對音問題，卻確是一個門外漢，梵文字母看來他都不懂。然而卻樂此不疲，說了許多離奇荒誕的話」（季羨林《文化交流的軌跡──中華蔗糖史》，經濟日報出版社 1997 年版，頁 47 注 16）。

讀書未遍雖有上述壞處，卻還不失為一種蕭散的讀書觀。明《味水軒日記》載「趙州和尚看《涅槃經》，只是遮眼。⋯⋯竹懶笑曰：『余亡友吳元鐵與余對勘杜詩，元鐵好記佳句，余初不留戀，只觸眼取快而已。』⋯⋯夫淵明之不解與余（即李日華──趕秋按）之不記亦讀書觀中所當參取也」，遮眼快意竟是讀書未周的意外收穫，正如雨有時是農民的煩惱絲，又不妨是詩人的感慨媒，讀書未遍並非一無好處。劍有雙刃，幣有兩面，「觀天下書未遍」亦復如是。

三

　　知名畫家德拉克羅瓦說：「不管是誰，讀書的時候，手裡總應該拿一支筆。還從未有這樣一天，叫我覺得沒有什麼東西可以記一記，即或是最壞的報紙，也有可摘的東西。」我也認為沒有什麼書不可讀、不可摘，區別只在於可讀性強不強、可摘的東西多不多罷了，那些因作者而廢作品的人絕不是聰明的讀者。

　　然而書富如海，時間和精力又有限得可憐，讓我們從何讀起呢？所謂「取乎上而得乎中，取乎中而得乎下」，我們當然應該遵循自己的興趣先擇經典而讀之。各類圖書各有自己的經典，由無數讀者共賞公認而後定讞。這些經典因了我們的閱讀而傳承，其中的個性話語甚至被傳成了歷代不衰的公共話語，如《聖經》典故、《莊子》成語是也。不過有時因為心情，聰明的視力也會被「下」等書臨時吸引，如華羅庚之讀梁羽生武俠小說、鄧小平之讀金庸武俠小說，何曾傷了大雅、損了大智？筆者可以毫無愧色地告訴歧視「下」等書的諸位：會讀書的人即使取乎下，亦有所得！

書名與序跋的無謂

「名可名，非常名」這句悖論出自一冊名叫《老子》又稱《道德經》的薄書。據司馬遷《史記》，老子「居周久之，見周之衰，乃遂去。至關，關令尹喜曰：『子將隱矣，強為我著書。』於是老子乃著書上下篇言道德之意五千餘言而去，莫知其所終。」老子是不是也因發現了象牙塔裡的大危險而離開呢？這個問題姑且留待科林伍德們去考證吧。千年以降，當學者們紛紛讀懂這「上下篇」並非一人一時之作、而且不僅僅在「言道德之意」之時，《老子》、《道德經》等名遂都變得無謂了。

不過，尹喜倒像似《收穫》雜誌的副主編在向一個離書出走的文化大師索稿，因此改稱《老子》為《文化苦旅》未嘗不恰切。《入蜀記》則是陸游的《文化苦旅》，《吳船錄》又何嘗不是范成大的《文化苦旅》呢？所以，書名在很多情況下都是沒有意義的，更甭說什麼微言大義了。推而廣之，放諸四海，任何名都是如此，都是非「常」的、不完美的、經不起推敲的。

文人之患不僅在於好為人序，更在於酷愛給自己的「拙著」寫序，原序、再版序、外文譯本序以至於無窮，序之不足複又繼之以跋、後記者流。異域作家出書獻給某某公爵，吾國人就寫序跋感謝某某士女。其實，序、跋只須其一就足夠了，大不了說說書名的來

歷、寫書的緣起與時間就行了，或長或短、在前在後皆無所謂，大可不必「精巧地不老實」去做順水人情。

　　追究起來，漢朝人該是序的始作俑者。紀曉嵐曾經指出：「古人之序皆在後，《史記》、《漢書》、《法言》、《潛夫論》之類古本尚班班可考」。《淮南子・要略》亦然，即便晚至《文心雕龍・序志》仍然。有人朽木生菌般養成了定勢思維，竟逆推上去，說什麼《論語・堯曰》「咨爾舜」章、《孟子・盡心》「由堯舜至於湯」章等等都是該書的後序，簡直不值有識者一噱。

中國現當代最完美的兩個書名

　　第一個非 1933 年上海現代書局初版《望舒草》莫屬，該書的作者是著名詩人、翻譯家戴望舒先生。他原名戴朝寀，曾用筆名戴月、陳御月、常娥等。從望舒、月、御月、常娥諸字來看，正應了楊萬里的話「詩人愛月愛中秋」。《望舒草》是戴先生的第二本新詩集子，顧名思義，即「望舒詩稿」（詩人生前自編的第三個詩集之名），草者草稿也，從這種命名「仍然可以看到詩人在文字上一再推敲的痕跡」（《戴望舒詩集》周良沛《編後》），決不含糊定稿而稱「集」。據卞之琳先生所說，《望舒草》使戴先生「建立了當時有影響」的「詩人地位」。我猜想，「望舒草」之名大概還有格外的深義吧。結果，我在唐人段成式的筆記《酉陽雜俎》前集卷 19《廣動植》4《草篇》裡發現了這樣一段記錄：「望舒草，出扶支國，草紅色，葉如蓮葉，月出則舒，月沒則捲」（典出王嘉、蕭綺《拾遺錄》），戴先生原來兼取此義，實在令人佩服！

　　第二個當然要算 1979 年中華書局初版《管錐編》（義同古人之《管錐雜誌》）了，該書的作者是著名學者、作家錢鍾書先生。他曾用「中書君」作為筆名，這恰巧也是毛筆的代稱（《昌黎集》卷 36《毛穎傳》）。竊以為，「管錐」二字取義於道宣（596－667）《續高僧傳》卷 2《隋東都上林園翻經館沙門釋彥琮傳》所錄彥琮（557－610）

《辯正論》「獨執管錐，未該穹壤」一句，而彥論又典出《莊子・秋水》「用管窺天，用錐指地，不亦小乎」，釋家著文弘揚佛法多假借老莊之語，此亦不例外。據金克木先生推測，「管錐」或許也暗指「管城子」、「毛錐」，與「中書君」同義而相呼應（詳見金克木《比較文化論集・談符號學》）。於是，《管錐編》跟《望舒草》一樣，既有了典雅的來歷，又同作者的名號打成了一片，真可謂完美之極軌矣！

管錐錢鍾書

我不是從《圍城》的中文版或電視劇碰到錢鍾書的，而是先從周振甫《詩詞例話》與《文章例話》、Joseph Needham《SCIENCE & CIVILISATION IN CHINA》中見識了《馮注玉溪生詩集詮評》、《管錐編》、《宋詩選注》、《談藝錄》、《通感》以及《十七、十八世紀英國文學裡的中國》的局部，然後通過一些教材、教參和試卷所節選《七綴集》、《人・獸・鬼》裡的片斷看上錢鍾書的。「帝成白玉樓立召君為記」以降有年，我才與《圍城》「第二次握手」（第一次只在螢幕上匆匆一瞥，還好，記住了方鴻漸失戀淋雨那一幕），才從《外國理論家作家論形象思維》、《海涅選集》領略了錢鍾書的譯筆，才從《唐詩選》、《中國文學史》窺見了錢鍾書的另一副筆墨。再後來，陸續購得《舊文四篇》、《寫在人生邊上》等。時過境遷方追憶讀「書」舊事，且聞一不知二，故例證稍嫌粗疏、先後略欠詮次，慚愧慚愧！

那好，我們就從《管錐編》讀起。錢鍾書曾向鄭朝宗致信自述：「所論《周易》《毛詩》《左傳》《史記》《老子》《列子》《易林》《楚辭》《太平廣記》《全上古三代兩漢三國六朝文》十種；」「拙著承示欲拂拭之，既感且愧；幸勿過於獎飾。只須標其方法，至於個別條目，盡可有商榷餘地。……弟之方法並非『比較文學』，in the usual sense of the term 而是求『打通』，以中國文學與外國文學打通，以中國詩文詞曲與小說打通。弟本作小說，結習難除，故《編》中如67－9，164－6，211－2，281－2，321，etc etc，皆以白話小說闡釋古詩文之語言或作法。……至比喻之『柄』與『邊』，則周先生《詩詞例話》中已採取，亦自信發前人之覆者。至於名物詞句之考訂，皆弟之末節，是非可暫置不論。」看看，錢鍾書多麼有自知之明和自信之心，這才叫大家風範，這無疑也是最權威最有效的閱讀《管錐編》甚至全部錢著的指南，可惜啊，受眾大多當面錯過、空手離開寶山！據說，錢鍾書要求學生吃透《說文解字》才配領教他的國學，事實卻對他先生開了個玩笑，在論及《毛詩》的開篇就用後起的引申義誤解了《關雎》中的一個關鍵性字眼（具體的考證見林趕秋《管錐編增訂之四》），完全無視許慎的正確注釋。當然，錢鍾書有言在先，我們大可不必因微瑕而棄巨璧。歷來讀《管錐編》的顯人晦士彷彿動不動就愛驚歎全書引用了古今中外七種語言、近四千位作家的上萬種涉及文學、史學、哲學、心理學、比較文學、文化人類學、單位觀念史學、風格學、哲理意義學、闡釋學諸學科的著述，而很少有人摒除浮躁、功利之情，冷靜客觀地去通讀全書，哪怕僅僅瀏覽一次也好。我想即使《管錐編》的主體文本由錢鍾書本人改用現代漢語，這種臨淵羨魚式的「看」書症候群也不會有太多改善。打住！再看錢鍾書較為滿意的論比喻之多邊一節，精彩固然精彩，為何拈不出自己「深造熟思」的《玉溪生詩集》中的例子，或者補上《酉陽雜俎》、《五燈會元》等中的例子也會使論據更全面、論點更有說服力一些，大智亦難免聾盲歟！正如錢鍾書自述，《管錐編》萬變不離其宗，研究的客體終究不離文學（所論十種古籍無

一不具有十分強烈的文學色彩），學習它關鍵在於「標其方法」而日用之，所謂打通是也；在讀書方法論上，我們不妨喻為愛人及狗（love me,love my dog）式，例如錢鍾書因迷林譯小說而去學習原著，我因讀錢著而去關注林譯小說、楊絳散文及其譯著《唐吉訶德》，而去重讀陳衍的《宋詩精華錄》、錢基博的《現代中國文學史》。

再來談談錢著的特色。錢鍾書幾乎在所有著、譯作品中都喜歡採取繁雜的夾註、腳註，這樣一來既增加了內容的信息量、趣味性，也使問題的陳述更簡潔、更集中，對文言寫作尤其如此。這種風格頗受識者歡迎讚賞，我們不妨稱之為辭典式。早先有錢學碩士稱錢鍾書的工作大都在電腦的能力範圍內，此論太不確切！眾所周知，錢鍾書嗜讀辭典，且隨時記下心得，為日後的寫作準備素材，這簡直是快捷有效的傳統學習方法。英國辭典編撰家 Samuel Johnson 有過這樣一句名言：「辭典就像錶一樣：最壞的也聊勝於無，而最好的也不能指望走得十分準確（Dictionaries are like watches : the worst is better than none, and the best cannot be expected to go quiet true）。」然則辭典尤其是某一學科的大型辭典，無疑是迅速吸收專深知識的津梁，至少有專題索引和目錄的功效，我想遠不止錢鍾書曉得這條終南之徑吧，而是缺乏他舉一反三、觸類旁通的功力與超凡的記憶力罷了。

其實，創作一部成功的文學著作的難度絲毫不亞於一部成功的學術著作，甚至在某種層面還要超過學術著作，難怪錢鍾書「並不滿意」那部幫他大面積普及了名氣的小說《圍城》，而常「自信」《管錐編》者流札記多「發前人之覆」。以我淺見，《圍城》只能算一部比較成功的學者小說。如果取《鏡花緣》、《平山冷燕》與之比

較，錢鍾書在「化書卷見聞作吾性靈，與古今中外為無町畦」方面大大勝出李汝珍，在「講故事」方面則遠遜於《平山冷燕》，至於諷刺和心理描寫，三者都各有千秋，只不過《圍城》補寫了一些前人限於時空而不能道也無法道的文人心理，這也正是全書最出彩也最具錢氏個性的部分。除此之外，恐怕就要數那篇十四行詩《拼盤姘伴》的片斷了，其中雖有調侃意味，但仍不失為錢鍾書難得的新詩半成品，某些地方可以說不輸給李金髮、卞之琳等大詩人，殊堪回味。美國的教授夏志清曾把《圍城》提早置之「史」地，甚至捧上了天，為中國現代文學的出口作出了卓越的貢獻，而在繼承發揚錢式學者小說的實效上卻遠不及近年的一冊商業「炒作」（此處動詞借用作名詞）《三重門》。這不正好又一次事實勝於雄辯地證明了學術著作的傳播成果並不能如何如何高雅過小說的社會效應嗎？錢鍾書不愧為偉大而精明的文藝學者，從小就熱愛中國的小說，既長又博愛世界的小說，以致早年牛刀小試不足，遂代之以畢生研究。

竺可楨《中國近五千年來氣候變遷的 初步研究》提要

　　竺可楨先生的這篇精彩的《中國近五千年來氣候變遷的初步研究》是我夢寐以求的雄文巨製。竺先生的大名我是在上世紀八十年代的小學《自然》課本上才第一次得知的，而他早於 1918 年就用英語發表了有關中國氣象學史的論著《Some Chinese Contributions to Meteorology》，惜乎我至今也沒能讀其文，直到本世紀初才從李約瑟《中國科學技術史》第四卷《天學》裡品嚐到了鼎食之一臠。相對而言，這篇《初步研究》竟成了我目前所收藏到的最完整最具代表性的竺可楨作品了，可歎坊間科技書籍的流傳是多麼地不廣而我的購賣條件是多麼地有限啊！

　　在「前言」部分，竺先生回顧並批判了從十一世紀到二十世紀六十年代各界學者如沈括、劉獻廷、胡厚宣、蒙文通、Julius Hann 等對古氣候學的關注與檢討，也指出了自己 1926 年所作的《中國歷史上氣候的變遷》的錯誤，認為只有在新中國的新環境下根據傳世文獻、考古發掘材料及現代科學觀測，「以冬季溫度的升降作為我國氣候變動的唯一指標」，進行客觀的分析和綜合的研究，才能初步得出關於中國近五千年來氣候變遷的近似正確的認知。緊隨前

言之後，是正文的第一節，即「考古時期」（約西元前 3000－1100），竺先生是通過對半坡村、殷墟、龍山文化等遺址出土物（其中植物遺存尤為重要，由於「植物不像動物能夠移動，因而作氣候變化的標誌或比動物化石更為有效」）的分析，推斷「仰韶和殷墟時代是中國的溫和氣候時代，當時西安和安陽地區有十分豐富的亞熱帶植物種類和動物種類」。第二節進入「物候時期」（西元前 1100－西元 1400），眾所周知，竺先生幾十年如一日從未間斷過對身邊物候現象的觀察與記錄，對物候學的研究自然心得頗多，難怪這一節篇幅最長，約占全文的三分之一強。這種份量的差異在一定程度上反映了學者的個人興趣，猶如聞一多的研究偏重於民俗學、錢鍾書偏重於修辭學，竺先生則比較熱愛「Phenology」，他不僅說「物候是最古老的一種氣候標誌」，「物候學就是沒有觀測儀器時代的氣象學和氣候學」，還坦白全文「主要用物候學方法來揣測古氣候的變遷」。本節結合四部古典如《夏小正》、《禮記》、《左傳》、《竹書紀年》、《毛詩》、《尚書》、《孟子》、《荀子》、《廣陽雜記》、《呂氏春秋》、《農丹》、《史記》、《李文饒文集》、《三國志》、《晉書》、《古今圖書集成》、《齊民要術》、《說郛》、《長慶集》、《全唐詩》、《杜少陵集評注》、《酉陽雜俎》、《蠻書》、《蘇東坡集》、《王荊文公詩》、《寶顏堂秘笈》、《中州集》、《范石湖集》、《老學菴筆記》、《吳船錄》、《長春真人西遊記》、《太平寰宇記》、《元史》、《郭天錫日記》、《金台集》等的物候記載與當代（見表一、表三等）、異域（見表二等）的各種實測資料，把從西周到元朝的氣候變化的主要趨勢寫出了一個簡單扼要的輪廓。第三節叫「方志時期」（1400－1900），採用了三個歸納自各地方誌的表格（表四、表五、

79

表六）形象地說明了十五世紀到十九世紀間冬季時的寒冷及其對人類和動植物的影響。

第四節「儀器觀測時期」大約指風向儀和雨量計發明以後至竺先生作此文之前這段時間，與「結論」中「我國氣候在歷史時代的波動與世界其他區域比較……大陸氣候與海洋氣候作用不同，在此即可發生影響」幾段可以連起來讀，而「結論」中剩下的四段才是全文真正的結束語。

總之，《初步研究》導出了下列初步性的觀點：從仰韶文化到殷墟文化，大部分時間的年平均溫度高於現在攝氏二度左右；在那以後，有一系列的上下擺動，範圍為一至二度；在每一個四百至八百年的期間裡，可以分出五十至一百年為週期的循環；上述循環中，任何最冷的時期似乎都是從東亞太平洋海岸開始，寒冷波動向西傳佈到歐洲和非洲的大西洋海岸，同時也有從北向南的趨勢。可以這樣說，竺先生信手拈來古今中外的多語種、多學科材料對中國乃至全球的古氣候史作了一次成功的鳥瞰與試探，對現今學者誇誇其談的「科際整合」早早地示了一次範，《初步研究》完全稱得上地球古氣候史研究領域的一座承前啟後的里程碑。

朱大可、余秋雨、于丹的偽精英話語之共性與延續性

　　1988 年 4 月 9 日的《文匯電影時報》上有一篇署名邵牧君的文章《你到底想說什麼？》，開篇寫道：「現在文藝評論界有一種時髦文風，其特點是大量堆砌借自哲學和自然科學的名詞、術語或乾脆自造的新詞，以一種古怪的方式來使用常見詞和故意違反約定俗成的語法規則。總的目的是給文章塗上一層高深莫測、不同凡響的『學術』色彩。讀這類文章需要咬緊牙關，傷足腦筋，而最後往往還是不得要領，甚至不知所云。這種文風在影評圈地（地字疑為衍文——趕秋按）裡也有所蔓延。」然後，他舉出朱大可的一篇影評為例。

　　其實這位邵先生說得還不夠準確，這種時髦文風主要借用的是一些社會科學（現在流行說「人文科學」）的術語，比如文藝學、社會學、語義學、民俗學、人類文化學、比較文學、闡釋學、精神分析學、心理學、神話學、符號學等等。因為炮製並習慣性使用這種文風的人大都是些科班出身的中文文化教研者和寫作者，比如朱大可就是華東師範大學中文系畢業的文學研究員、文化批評家。而且這種文風在朦朧詩潮的挾裹、推助之下幾乎蔓延到了所有的文化批評領域，不僅僅止於文藝評論和影評。

時至今日，這種文風早已變得不再時髦，但仍然豔俗醒目，就像醜女唇上濃厚的廉價口紅，故我為之命名曰「口紅文風」，大致相當於余秋雨教授所謂的「偽精英話語」。

口紅文風的密集呈現

禮尚往來，朱大可很快就撰文答覆了邵先生的意見，他深情地告白道：「有兩種電影批評：商業的與非商業的；也有兩種電影批評家：通俗的和不通俗的。我想我大概屬於後者。長期以來，我一直無法做到通達於世俗，這顯然構成了我個人的悲劇性特點。儘管如此，我的作品仍然受到來自各方面的關懷。⋯⋯我無意『炫耀』我的批評模式的現代性，⋯⋯我的批評不是商業廣告，不是政治鑑定，不是價值說明書，而是面對電影辨認並還原自己的生命經驗。」若將其間的「電影」二字替換為「文化」，就完全蛻變成了朱大可對自己話語行為的正面闡述。

什麼叫「辨認並還原自己的生命經驗」？我看完了朱大可的洋洋二十萬字也沒搞明白。好像可以這樣理解，面對合自己胃口的文化現象或文本的時候，他就用連篇累牘的既定術語和自造的新詞綴合成文對之大加讚頌，比如對北村和溫瑞安的小說，因為從中可以清晰地辨認出他自己的生命經驗──前者「傾聽」並運用了他的慣用語如「迷津」云云，後者和他一樣嗜好自造新詞和新語法不到高山擂鼓之境誓不甘休。反之，他就極盡彎酸之能事，比如對汪國真的詩（汪詩完全不值一提，罵他無異於炒作了

他。當然，在他正走紅之際罵他也可以順便炒作自己，再不濟也可以掙點稿費），因為其間沒有自己的生命經驗——悲劇性和現代性，因為「為了取悅公眾」，汪把詩歌變成了「豔麗的口紅」並「偽飾」著「瀟灑」，與其說「反叛」了朦朧詩，「不如說是對某種詩歌傳統的親切擁抱」。

　　有趣的是，處於上世紀八十年代的語境之中，朱大可的批評文風恰好是對朦朧詩寫法的親切擁抱，用頻繁以至於氾濫的陌生化、歐化語句炫耀著非商業的、不通俗的特點，彷彿安心要讓大家讀不懂。不過難懂照樣可以達到取悅公眾的效果，有時甚至可以超越通俗易懂所能達到的「巨特」反響。誠如曾奇峰在《佛洛伊德遊記》代序中所指出的那樣：「很多中國同行覺得，佛洛伊德的專業文章很難讀懂。實際上他的著作的德文原文是很好懂的。有點滑稽的是，好懂這個特點，既導致了很多人崇拜他建立的理論，也讓很多的人反對和討厭它。與此對應的是，相對論除了難懂還是難懂，卻使愛因斯坦除了受尊敬還是受尊敬。這是人性的特點之一：好懂的東西沒有了神祕感，你可以任意評判他；不好懂的東西本身就是迷人的，你根本就不需要懂它，你就已經拜倒在它幻影般的外表之下。」

　　興許朱大可不是故意或者並不汲汲於取悅讀者，但是用他《死亡的寓言》一文的技巧來分析他的潛意識，說他有嘩眾取寵之嫌也毫不冤枉他，要不然他為何先要乘槎浮於海、「逃亡」到「那個季節反轉、時光倒錯的大島上」，後來又耐不住寂寞、殺個回馬槍來「審判」那個比他吃香的同行余秋雨呢？

口紅文風的首次淡化

有目共睹，在上世紀八十年代余秋雨所作的文化批評比朱大可來得更洶湧澎湃（用余的話說就是寫過一些「回歸於歷史的冷漠，理性的嚴峻」的「史論專著」），畢竟余年長於朱，書籍即便博覽得不相上下，但前者所吃的鹽總比後者多了不少，唯一遺憾的是鹽吃多了會讓人抱雞婆打擺子──又撲又顫。為此，我非常同情這位「世界上走得最遠的文化人」（也是離「文化人格和文化良知」最遠的扯著文化的虎皮販賣著虛榮的狗皮的「大師」）、「第一魅力男子」余秋雨先生。還好，慶幸造物主沒有賜他一副葛紅兵那樣的「美男」面龐，不然的話又不知要浪費多少朱大可同志「漂亮，但決不是傳統意義上的好讀」的現代性詞藻哩。

與其將八十年代末發行的《文藝創造工程》定性為學術專著，不如把它視作九十年代初出版的《文化苦旅》的前奏。在《文藝創造工程》中，「文化」和「苦旅」二詞屢見不一見，《文化苦旅》內那種「無法統一風格、無法劃定體裁的奇怪篇什」已在此書行文裡露出苗頭，但比起朱大可《逃亡者檔案》等書來，《文藝創造工程》的通俗性「向度」格外顯眼，而他們愛賣弄「偽精英話語」的共性仍不容忽視。

余秋雨不愧是以「國家級突出貢獻專家」起家的教授，在裸退之後還不忘在「記憶文學」文本《借我一生》中諄諄告誡大家：

在我國現在的文化水準上，這樣的偽精英話語確實能把很多人唬得一楞一楞的，甚至引起學生們的崇拜和仿效。

但是我們無論如何要提醒學生，這些雲遮霧罩的文字間表現出來的學問、邏輯、姿態、腔調，全是假的。

說全假有點過火，不如說「言之無物」，或者像蘇東坡《答謝民師書》所謂「好為艱深之辭以文淺易之說，若正言之，則人人知之矣」。

「在這裡，我們顯然遇到了一個美學上的麻煩。」作為經典文本話語的傳播者和個體生命經驗的推廣者，我們巴望著自己的名氣「人人知之」，但是我們又恥於像汪詩人那樣直白、「平庸」地表達，怎麼辦呢？在教研室內（學名叫「象牙塔」）琢磨了若干時間之後，「突圍」之計（把自己習得的大量學術語詞嫁接在文學的機體上夾帶出自己自以為是或自以為深刻而與眾不同的生命經驗和學術成果，妄圖借此揚名於文壇和學界，順便脫貧致富）隨著電視效應的提攜開始大展拳腳，於是「迷津」大肆「燃燒」起來，先是余老師隨著拍攝車隊「行者無疆」發出「千年一歎」，然後朱老師就被請進文化訪談錄播間「試圖以尖銳的語言揭破」「文化口紅」的生產流程和銷售走勢。

於是一批「崇拜和仿效」者「快速地參與進來了，情景更是有趣」。而且反仿效者也不甘示弱，如韓寒在長篇小說《像少年啦飛馳》第 27 頁所戲仿和嘲諷的那樣。如此架勢讓公眾除了審美疲勞之外，就是棄置不顧，我不止一次聽見熟悉或陌生的讀者直言不諱地說「我討厭余秋雨」。

口紅文風的終極淡化

　　如果說余秋雨只是傳統寫作者借了電視之力而後聲名狼藉的話，那麼我們有著「孔子丹」美譽的于丹于博士就是百尺竿頭更進一步，從大學教席之下混進電視幕後，再從朦朧隱晦的幕後走上被笑聲掌聲包圍著的百家講壇，憑藉深厚的影視傳媒學修養和三寸不爛之舌，接過「詩歌麻將專家」汪國真撂下的口紅，將朱大可、余秋雨的批評話語再次淡化，以肉麻的文藝腔氣定神閒地面對鏡頭，再度掀起「全國範圍內的『轟動效應』」。顯而易見，這又是一起傳播者和受眾之間「互抹口紅的實例」，真是江山代有才人出啊！

　　在「明白詩」麻將和「文化散文」麻將玩膩了之後，我們何不玩一玩「國學」麻將，聽一聽更優雅的「《論語》心得」與「《莊子》心得」，以及給古人普及一下「莫爾斯密碼」與「核心競爭力」的概念？于丹於是應運而生、後來居上，較之余秋雨大有出藍勝藍之勢。

　　于丹曾看過一本叫做《隱藏的財富》的書，裡面講了一個從德國移民美國的男子常年「在一座金礦上種捲心菜」而後收來醃製泡菜的外國故事。那些以「非凡熱情」沉浸在「麻將遊戲」中的聽眾和讀者呀，他們也許永遠不會明瞭，讓他們眼放光芒、高山仰止的于丹老師何嘗不是那個「做泡菜做得很好」的男子的「遠東現身」呢？《論語》、《莊子》等文化元典所建構的國學財富就是那座金礦，但是于丹沒有認真「去追問土壤下面可能埋藏的礦藏」（認真追問是書齋學者的本職），只是斷章取義、借題發揮，一邊大講其處世

哲學，儼然全民的生活導師，一邊卻大走其穴、大耍其牌，扮演著暴發戶和無行文人的扭曲嘴臉。

至此，「豔俗牌口紅系列」的粗略性能已經簡介完畢，那種起源於上世紀八十年代、貽害至新世紀的「偽精英話語」的發展脈絡也隨之曝光。最後有必要強調一點，這種話語到了于丹的貝齒酥手之下萬萬不可再淡化下去了，再淡化下去就成了茶館裡夾雜著葷段子的散打評書了。

「一剎那便是永劫」：閱《華嚴金師子章》

一因《四十二章經》在今天已無梵文原本可以對勘，二因其內容頗與《周易》、《老子》、《莊子》相表裡，故有學者懷疑它是「編譯」甚至「改寫」的佛經。從這一點端倪就可以得出，「佛教雖有它自己的思想體系，但它自從傳到中國那一天起，一直是按照中國當時封建地主階級社會的解釋和需要來傳播其宗教學說的。」（愈繼任語）迄於隋唐，佛教的經、律、論均已有信、達、雅兼備的譯介，但中國佛教宗派自己的引申發揮並未稍停，它們不僅能與中國的社會條件充分適應，而且漸漸傳入日本等異域，很快就完成了進口、改造、外銷的傳播流程。其中，依《大方廣佛華嚴經》而得名的華嚴宗即為佼佼的代表。曾被女皇帝武則天賜號「賢首大師」的法藏名為該宗三祖，實是該宗的真正創始人，恰似禪宗的真正創始人惠能卻名為六祖。法藏有很深的政治背景，既參加過《大方廣佛華嚴經》的重譯工作，且著述豐贍。我們這次只打算從他的單卷作品《華嚴金師子章》某段中管窺一下他的時空觀，並不敢奢望寫「Kants Anschauungen von Raum und Zeit」那樣的長篇專論。

經典力學認為，時空都是「絕對的」、「與外界物體無關的」，從本質上講，空間是「同一的和靜止的」，時間是「一種……均勻流動」（以上皆引自牛頓《自然哲學的數學原理》）。也就是說，兩

個事件的空間距離和它們發生的時間間隔毫無關聯，二者又都跟物質的運動毫無瓜葛，此即牛頓所謂「絕對時間」與「絕對空間」的物理概念。而在《華嚴金師子章》裡，法藏寫道：

> 師子是有為之法，念念生滅，剎那之間分為三際，謂過去、現在、未來。此三際各有過去、現在、未來，總有三三之位以立九世，即束為一段法門。雖則九世各各有隔，相由成立，融通無礙，同為一念，名為十世隔法異成門。

從唯物主義的時空觀立論，法藏和牛頓的時空觀都有問題。時間並不是脫離物質而呈抽象的存在，並不是人腦「念念生滅（動詞）」的產物。「念念」與「剎那」皆為佛家語，謂每一極短的時刻：一說「一念」含有九十「剎那」，一「剎那」又含有九百「生滅（名詞）」；一說「剎那」是梵語 Ksana 的音譯，而「念」乃意譯，一剎那或一念等於 0.018 秒，念念猶言剎那剎那。照法藏看來，不同時間都可分為過去、現在、未來，每一個過去、現在、未來又可分為過去、現在、未來，雖然有九世而實際生於一念。於是，三際當然可從思想中「融通無礙」、「隔法異成」了。這種力圖抹煞時空的差別的觀點同樣表現在法藏的四卷作品《華嚴一乘教義分齊章》內：

> 百千大劫本由一念，方成大劫，既相成立，俱無體性；由一念無體，即通大劫，大劫無體，即該一念。

其根本錯誤就在於，把時空當做意識輕易附加到事物上去的主觀概念，而不是相對論或宇宙學中的範疇。

《觀眾生業緣品》道「無間」

　　曾與法藏等人合譯《大方廣佛華嚴經》的實叉難陀是唐時的于闐籍三藏沙門，又稱施乞叉難陀。他先後譯出了一百零七卷佛經，其中就有《地藏菩薩本願經》兩卷。經內記載釋迦牟尼升忉利天替母說法，後召地藏菩薩永為幽明教主，使世人有親者都能報本薦親，共赴西方極樂世界——名登寶籙，位列仙班。《觀眾生業緣品》即該經卷上第三品，凡955字，全文是地藏菩薩答佛母摩耶夫人問無間地獄一事，香港系列電影《無間道》之片名就源自於此。

　　此無間非彼無間。早於《地藏菩薩本願經》有漢譯很久很久以前，《淮南子‧原道》就有「出於無有，入於無間（可相對《莊子‧養生主》「入有間」而言）」之語，所謂無間指至微之處。而佛經中的無間是對梵文 Avīci 的意譯（音譯「阿鼻」），指佛教八熱地獄中最水深火熱也最大的第八獄。古印度迷信：人在生前做了壞事，死後要墮入地獄。無間言「彼處恆受苦受，無喜樂間」（道世《諸經要集‧地獄會名》）、痛苦連綿沒有間斷，「除非業盡，方得受生」。佛教也延用其說，如《大般涅槃經‧一切大眾所問品》「若有邪間，命終應生阿鼻地獄」、《續高僧傳》慧遠曰「阿鼻地獄不揀貴賤」等等。無間又可細分為兩種：一名身無間，二名苦無間。

　　無間地獄僅在地藏菩薩「粗說」之下就已顯得恐怖至極，使「摩耶夫人聞已，愁憂合掌，頂禮而退」了，如果等他細說開來，聽眾讀者怕要唬得三屍呻咋、七魂飛空了。所以，我們暫略去那些血腥場面不看，只抄闡述什麼人「當墮無間地獄」一節：

> 若有眾生不孝父母，或至殺害，當墮無間地獄，千萬億劫，求出無期；若有眾生出佛身血，譭謗三寶，不敬尊經，亦當墮於無間地獄，千萬億劫，求出無期；若有眾生侵損常住，玷污僧尼，或伽藍內恣行淫欲，或殺或害，如是等輩，當墮無間地獄，千萬億劫，求出無期；若有眾生偽作沙門，心非沙門，破用常住，欺誑白衣，違背戒律，種種造惡，如是等輩，當墮無間地獄，千萬億劫，救出無期；若有眾生偷竊常住財物、穀米、飲食、衣服，乃至一物不與取者，當墮無間地獄，千萬億劫，求出無期。

　　地藏菩薩一口氣講出了一大堆排比句，隨後還總結道：

> 若有眾生作如是罪，當墮五無間地獄，求暫停苦，一念不得！

　　真可謂誨人不倦、道貌岸然。現代人多半不怕地藏菩薩的如是威儮告誡，但閒來無事之時，不妨將其當作「喻世明言」、「警世通言」、「醒世恒言」來小品小品，也不枉他老人家苦口婆心一片。

佛與仙之三世因果說入門

　　摩尼教是在拜火教的基礎上融彙基督教、佛教的教義而創立的，伊斯蘭教的《古蘭經》有模仿《聖經》的痕跡，而道教卻是在中國古代巫術的基礎上貫通儒家、佛教的理念而成熟的，因此它的經典自然會打上二者的烙印，尤其是佛經的烙印，現僅舉《孚佑帝君純陽祖師三世因果說》（又稱《呂祖說三世因果》）為例，胡亂粗淺地閒話一番。

　　眾所周知，佛教在從印度傳佈到中國的過程中，也曾為拓展影響的需要去迎合占思想統治地位的儒家學說，所以在漢文佛經中見到如「百行孝為先」之類的義理便也並非稀罕之事，當然道經中的就顯得更加平凡正常了。《呂祖說三世因果》開頭便講：「蓋修積之途雖廣，終當以孝為先也」，與《佛說三世因果經》「先須孝敬父母」如出一轍。所不同者，一是釋迦牟尼在答阿難陀和一千二百五十名弟子問三世因果，一是呂洞賓在答一切夙世積有善根者問三世因果；一是佛陀在一段總論後說一長偈而終此全經，一是呂祖每答一問之後再說一短偈而連綴成經。由於時代在後，佛教義理已然深入人心，所以道經在經構和文采上就必須更加完善，才能吸引對宗教學說並不陌生的受眾。事實中，《呂祖說三世因果》也正是這樣辦的。請舉一隅，以率其餘。

在《佛說三世因果經》裡只說：

> 父母雙全為何因　　前世敬重獨孤人
> 無父無母為何因　　前世忤逆不孝順

在《呂祖說三世因果》裡卻連說兩偈，且一韻到底，現抄錄前一首於下：

> 高官顯爵為何因　　只為前生有孝心
> 事事只求親喜悅　　婉容和氣對雙親
> 佳餚美味都供養　　好衣華服奉親身
> 早晚二時常問候　　凡事稟命然後行
> 親若有病在床榻　　侍奉湯藥每殷勤
> 親若惱怒來責備　　低頭順受不高聲
> 親若有意施功德　　歡喜贊助積來因
> 親若與人要爭訟　　苦口勸解莫去行
> 親若有事多憂悶　　婉言安慰莫焦心
> 親於兄弟有偏愛　　讓財讓產不忍爭
> 親於族黨欲周給　　銀錢不吝半毫分
> 親若有時拖了債　　代還補欠甚分明
> 親若行事多乖僻　　從容感化勸回心
> 事事順親真個孝　　故爾今生作貴人
> 若是今生仍盡孝　　來世依舊享恩榮

比起佛說來，這一偈無疑稱得上：豹睹一斑，已多蔚色；鳳瞻片羽，總是吉光。

趙孟頫書《道德經》

在我的私人藏書中，有兩冊青城山道教協會輯印的道經，一是《趙文敏書道德經真跡》的單行本，一是《太上感應篇》、《長春真人寄西州同道書》與《長春祖師垂訓文》的合訂本，均為出品於1986年的16開宣紙線裝書。無論從裝訂的工藝還是印刷的內容來說，前者都勝過後者一籌，因此本文只打算介紹前者。

深藍色的封面輔以白底黑框的簽條，跟純白的雙股訂線左右照應，既給捧讀者一種古樸大方的質感，也使簽條上的楷體書名顯得穩重而遒勁。翻開扉頁，則是兩行右小左大的題辭：「青城山道教協會藏書」、「趙松雪書道德經真跡」。青城山道教協會成立於1979年12月，宗旨之一是「推動和開展道教研究工作」，這當然離不開道教經典的整理與印製，否則研究就喪失了最重要的文本對象，《趙文敏書道德經真跡》正是其中較有個性的一部。

個性即特色，第一，正文前冠有青城山道教協會寫的《弁言》：

> 《老子五千言》為道教重要經典，亦為先秦哲學思想重要
> 著作；惟年湮代遠，傳本不一，因人因時而異，訛奪滋多，
> 莫衷一是。仰雨膏同志舊藏趙松雪管公樓手寫影印本。

管公者，仲姬之父、松雪外父也。松雪之作此書，意義可想見矣。雖楷書而迭宕縱恣，真傑作也！即今宋版書笈已如星鳳，況又名筆名手耶？世有嫌趙書柔媚，並因其仕元而鄙及之，君子不以人廢言，是何少所見也？仰君既以此本見貽，爰付影印，供本山道友諷誦，或作學書範本，皆無不可。

從中我們可以得知，這本《趙文敏書道德經真跡》是影印本的影印本；之所以要影印此書，青城山道教協會至少有兩層意圖：或「供本山道友諷誦，或作學書範本」；既可藉以學習老聃的微言大義，又可臨摹趙體楷書，何樂而不為呢？雖然如此，趙文敏的真跡基本上卻不會走樣，依然保留著「柔媚」而不失「迭宕縱恣」的氣象。文敏是趙孟頫的諡號，他的妻子管道升字仲姬，管公是他的岳父。依《弁言》所「想見」，趙文敏是為管公而抄寫《道德經》的，板心即赫然印著「管公樓」三字。那麼，原帖就應該寫於元朝，刻印付梓的時間也必然在元或晚於元，因為據管公故後趙氏所作《管公樓孝思院記》「仲姬特所珍愛，至元廿六年歸於我」，至元已是元世祖的年號，廿六年即 1289 年，孟頫、仲姬二人才正式結婚，管公才成為「松雪外父」，「宋版」云云顯係想當然之辭。

經文以「老子」兩字開頭，每頁八行，無「第一章」等字樣，各章提行書寫，一章即成一自然段，以「為而不爭」結尾。一經查對，趙孟頫所據的版本應該是「嗣漢三十九代天師太玄子張嗣成」的《道德真經章句訓頌》，而去掉了它的章名如「道可道章第一」等字和「訓頌」部分。趙孟頫自號「松雪道人」，猶如一些在家文人自號「居士」一樣，也是對自己宗教信仰或傾向的一種表徵。難怪他不

選擇坊間通行的王弼《老子道德經注》本，而選擇道教所用的版本，看來他是頗有道教情結的，為自己的老丈人抄寫《老子》的行為也就大有世人抄寫佛經為親友祈福的味道了。這是此書的另一個特點，道教信仰與傳統孝道交織、互補，最終流露於筆劃之間。

脫脫等著《元史》記載元仁宗「嘗與侍臣論文學之士，以孟頫比唐李白、宋蘇子瞻；又嘗稱孟頫……書畫絕倫，旁通佛、老之旨，皆人所不及」，而「前史官楊載稱孟頫之才頗為書畫所掩，知其書畫者，不知其文章，……人以為知言云」，這些讚譽可在《趙文敏書道德經真跡》的「跋」中窺見一斑，末署「老子道德經」及「集賢侍講學士中奉大夫趙孟頫書」兩行題款。案史料所記，元武宗至大四年，仁宗即位，詔除趙氏為集賢侍講學士、中奉大夫，延祐元年改授翰林侍講學士、資德大夫，這又可以證明此帖書寫於西元1311 至 1314 年之間。

上海書店在 1989 年出版了《趙孟頫小楷道德經》，也是一種影印本，而經末無「跋」，只有「延祐三年歲在丙辰三月廿四五日為進之高士書於松雪齋」等字樣（原卷為紙本，縱 245 毫米，橫6188 毫米，現藏於北京故宮博物院）；北京出版社則在 1991 年出版了「墨池堂法帖」本《道德經小楷字帖》，原為河間蘇氏瀛珊館所收藏，以「太上玄元道德經」開頭，以「大德十一年歲在丁未十二月廿六七日吳興趙孟頫書」結尾。兩者似跟青城山道教協會所印不是同一版本，此處暫且忽略不論。

三本《春及堂詩集》

　　中國人多書多，同名的現象從古到今層出不窮，有時是無心巧合，有時是故意沿襲，這樣一來除了鞏固和擴大了某名的知名度之外，常常也會給受眾帶來稱引上的麻煩和差錯，尤其是對粗枝大葉而又孤陋寡聞的受眾來說。

　　書名相同之例如平步青《霞外捃屑》卷六《書名與古同》：

> 士生後世，不特詩文撰述不能出古人範圍，見者每以為剿襲，即纂書命名亦多重複。
>
> 如揚子雲纂《法言》，取《論語》「法語之言」以擬《論語》，而《莊子‧人間世》已有「古（一本作「故」──趨秋按）《法言》曰」，注：「古書名。」洪景盧纂《夷堅志》，取《莊子》（蓋《列子》之誤──趨秋按）「夷堅聞而志之」語，而唐吳融《冤債志》「許客還債」條已引「《夷堅志》曰」。……顧氏《日知錄》前已有絳州黨冰壑（成──原注）《日知錄》。……李匡乂《資暇錄》後又有（此處缺三字──趨秋按）之《資暇錄》。

　　再如錢大昕《十駕齋養新錄》卷十六《陋室銘》：

崔沔嘗作《陋室銘》，在劉禹錫之前；李德裕有《秋聲賦》，在歐陽公之前。梁元帝《金樓子》有一條云：桓譚有《新論》，華譚又有《新論》；揚雄有《太元（避康熙皇帝諱改玄為元，下同──趕秋按）經》，楊泉又有《太元經》。

我再補充一例，明清兩代至少有三本《春及堂詩集》問世，詳情見下──

許豸（?—1640），字玉史、玉斧、獬若，號平遠。侯官人。明崇禎四年（1631）進士，任戶部主事員外郎。1633年主滸墅關稅務權，有政聲。1634年任浙江寧紹道提學副使。1640年歿於杭州。著有《春及堂詩》（郭白陽《竹間續話》卷一著錄為四卷）、《倉儲匯核》、《膚籌》諸集。一網友介紹說：「許豸的《春及堂詩》據我所知只在他後人編的家集《篤敘堂詩集》中保存，而《篤敘堂詩集》國內只有兩年前保利拍賣行拍賣過，不知何人買下。」又說：「許豸對今天的人來說很陌生了，但在明末浙江、福建地區，還是頗有名氣。1621冬，『竟陵派』領袖鐘惺任福建提學僉事，後對許豸倍加賞識，1624年鐘惺回鄉後還曾寄畫給許豸。鐘惺逝世後，許豸給鐘惺遺稿刻印出版，並作序《先師鐘退庵文集序》。許豸與『竟陵派』另一領袖譚元春是好友，譚有詩《過滸墅席間贈許玉史戶部》可證。1629年，許豸入複社，與複社領袖張溥及著名詩人吳偉業、楊維楨皆交好。有《與張天如、吳駿公、楊維門泛舟西湖》詩為證。許豸在浙江任官期間，獎掖新人。李漁、董說（《西游補》

作者）皆出其門下。詳可見李漁《笠翁一家言‧〈春及堂詩〉跋》，董說《豐草庵詩集》卷五《閱許有介米友堂集感書》。（許有介乃許豸長子許友。）許豸善畫工書，詩文亦嘉，為侯官許氏開山手。其後六世子孫皆擅三絕，尤以許友最為突出。許友在日本書法史上也佔有重要地位。」

倪國璉（？－1743），字子珍，號稱疇（一作穗疇）。仁和人。雍正八年進士，官給事中。山水得元人意。工分書，善彈琴，有東城訪友圖，屬樊榭為之題。卒於太和。著有《春及堂詩集》。《四庫全書總目提要》卷一八五集部三八載：「《春及堂詩集》四十三卷（太常寺卿倪承寬家藏本），國朝倪國璉撰。國璉有《康濟錄》，已著錄。是集，乃乾隆壬辰其子承寬所刊。凡《竹立園集》一卷，《南隱山房小草》一卷，《橘山遊草》二卷，《文杏館集》一卷，《浮湍集》一卷，《楓花草》一卷，《松鱗書屋唱和詩》一卷，《庚子詩草》一卷，《剡東遊草》一卷，《廬江遊草》二卷，《西江遊草》三卷，《南遊草》二卷，《湖南吟稿》二卷，《燕雲集》一卷，《竹窗集》三卷，《滇行集》八卷，《春闈詩》一卷，《星沙奉使集》二卷，《潞河吟》一卷，《庚申南行集》三卷，《嘉蔭書屋集》三卷。皆國璉嚴自刪汰，惟存其得意之作，故每卷多者不過四十餘首，少者或十餘首云。」

方世舉（1675－1759），字扶南，號息翁。桐城人。工詩，曾因戴名世《南山集》案牽連，與從弟貞觀同去邊疆。雍正元年放歸，居揚州，從事著述，有《韓昌黎詩集編年箋注》十二卷、《蘭叢詩話》一卷、《春及堂詩鈔》四卷。錢

鍾書《談藝錄》或稱《春及堂四集》、或稱《春及堂詩》，馬大勇博士《論方拱乾詩及其家法的遞嬗》一文稱息翁「自作有《春及堂詩集》二卷」，不知是否皆指《春及堂詩鈔》，待考。

《斷腸集序》：色如春花，命如秋葉

　　選擇了「幽棲」的生活方式，又處於「風雨如磐」的封建社會，朱淑真居士的身世自然會變得撲朔迷離。籍貫不定，一說是錢塘（今杭州）人，一說是海寧人；生卒年不詳，況周頤《蕙風詞話》以為北宋紹聖中（1094－1097）尚在世，一說南宋紹定中（1228－1233），從其作品內容和魏仲恭撰於淳熙壬寅（1182）三月望日的《斷腸集序》來看，她大概是北宋末至南宋初人。相傳，朱淑真生於仕宦家庭，幼聰慧，工書畫、通音律、善詩詞。少年時性情爽朗，有過一段美好的自由戀情。後迫於父母之命、媒妁之言下嫁一市井庸夫，因情趣各異，沒有共同語言，最終憤而離歸娘家過起了獨居生活，整天鬱鬱寡歡：

　　　　其死也，不能葬骨於地下，如青塚之可吊，並其詩為父母
　　　　一火焚之，今所傳者百不一存，是重不幸也，嗚呼冤哉！

　　聽聞了這些悲慘的際遇，臨安王唐佐為她作序，通判平江軍事魏仲恭為她題集，他們用他們的的性靈文字「慰其芳魂於九泉寂寞之濱，未為不遇也」，言外之意似取《莊子・齊物論》所謂「萬世之後而一遇大聖，知其解者，是旦暮遇之也」。魏氏還特別談到自己的一次經歷，大有「凡有井水飲處，即能歌柳詞」（葉夢得《避暑錄話》）之遺韻：

比往武陵，見旅邸中好事者往往傳誦朱淑真詞，每竊聽之，清新婉麗，蓄思含情，能道人意中事，豈泛泛者所能及，未嘗不一唱三歎也。

不啻如此，魏氏還「觀其詩想其人」，大加讚歎與感喟：

每臨風對月，觸目傷懷，皆寓於詩以寫其胸中不平之氣，竟無知音，悒悒抱恨而終。自古佳人多命薄，豈止顏色如花命如葉耶？

「顏色如花命如葉」化自古詞「須信顏色如花、命如秋葉」，讓我又憶起天花藏主人《兩交婚序》中的一截妙論：

紅顏已逝，即妄稱落雁沉魚，亦有信之者，無可質也。至若才在詩文，或膾炙而流涎，或嘅心而欲嘔，其情立見，誰能掩之？始知性情之芳香、齒牙之靈慧出之幽而幽，出之秀而秀，種自天生，不容偽也。

朱淑真或許就是「出之幽而幽」的代表人物吧。魏氏《序》的開篇也隱有此義：

嘗聞攤辭麗句固非女子之事，間有天姿秀髮、性靈鍾慧、出言吐句有奇男子之所不如，雖欲掩其名不可得耳，如蜀之花蕊夫人、近時之李易安，尤其顯顯著名者，各有宮詞、樂府行乎世。然所謂膾炙者可一二數，豈能皆佳也？

　　弦外之音彷彿是說朱淑真的詩詞首首皆佳，他怕自己立論不穩，便緊接著舉出了武陵聽詞一事來作為鐵證。眾口難調，魏氏過度推崇朱淑真，用心良苦，應該得到我們的理解。他只是順便借朱淑真的身世抒發抒發知音難逢這一症侯群式的感想而已，並非刻意要去貶抑花蕊夫人和李清照的作品。他為朱淑真的詩集題名「斷腸」，反倒是對中國文化的一個頗有價值的貢獻，應該得到我們的表揚。於是，作了這篇淺陋的書話簡介魏序，「後有好事君子當知予言之不妄也」。

對讀《袖珍神學》與《魔鬼辭典》

　　《袖珍神學》是十八世紀法國的唯物主義者和無神論者霍爾巴哈「Théologie portative, ou Dictionnaire abrégé de la religion chrétienne」一書的漢譯名，而《魔鬼辭典》是近代美國的作家 Ambrose Bierce「The Devil's Dictionary」（初版叫「The Cynic's Word Book」）一書的漢譯名。之所以我們將兩者相提並論，不僅僅是因為它們都以「辭典」（見上引法、英原文）命名，而是它們都極富犬儒主義（cynicism）色彩。所異之處在於，《袖珍神學》主要把批判的矛頭指向基督教思想的荒謬和僧侶的罪惡，《魔鬼辭典》針砭的不啻宗教，而且還有人類其他方面的迷誤；兩書的關係基本可以定位成源之與流、繼承之與發揚。

　　至若兩書作者的生平跟希臘犬儒學派的主要代表人物 Diogenes Laertius 的行為有無相同點，我們可以留給隱私索隱派去稽考。但有一點毋庸置疑，他們三人都不乏宗教家的熱情，之所以向人類文明提出挑戰、朝人類的愚昧與可笑之處嬉笑怒罵，完全是因為他們骨子裡充滿了對人類的溫情，所謂「愛之深，責之切」，在這種意義上，他們甚至可以被稱作聖人。

　　既然是書話，我們就暫不表閒言，直接來對看《袖珍神學》與《魔鬼辭典》吧：

詞：這是柏拉圖的邏各斯、神智、永恆理智，也是我們的
神學家用以製造成神──如果願意的話──製造人的東
西。因此，我們堅信神的理性變成了人，以便把知識之光
帶給人們，主要的是告訴他們：神的理性把他們製成非理
性的生物，他們的僧侶永遠是正確的。（《袖珍神學》）
詞典：這是一種惡毒的學究式的東西，發明它的目的是妨
礙語言的發展，使之變得僵死呆板。不過，這本《魔鬼辭
典》是一種很有用的工具。（《魔鬼辭典》）

　　讀了以上兩條，我不禁又想起《老子》「道可道，非常道；名
可名，非常名」那句古話，他們在諷刺前人的同時，也無可避免
地進入了語言文字的怪圈，此為闡釋學的論題，這裡點到為止。
繼續讀書──

《聖經》：是一部天啟聖書，其中包括全部基督教徒須知及
其行為準則。禁止俗人閱讀該書是非常合理的，上帝的話
也許會損害他們，最好讓教士念給他們聽，只有僧侶生有
健強的胃來消化該書的內容，而俗人應當滿足經教士消化
以後而得的產品。（《袖珍神學》）
《聖經》：這是我們基督教的神聖經典，它與作為其他宗教基
礎的謬論百出、褻瀆神靈的作品是截然不同的。（《魔鬼辭典》）

　　「經教士消化以後而得的產品」即莊子所謂古人之糟粕也，《聖
經》頗能自圓其說，因此不會「謬論百出、褻瀆神靈」，我個人則
比較喜歡關注裡面的神話。再看點美麗的──

愛：從它蒙上不潔時起，就成了一種在天性支配下一性對
另一性的萬惡慾念。基督教的上帝是嚴以律己的，他不容
許在愛的問題上開玩笑。如果不發生原罪，人們也許會沒
有愛而生殖，婦女也許會用耳朵生產。（《袖珍神學》）
愛情：這是一種臨時性的精神病，可用婚姻治癒，使患
者遠離病源也有同樣療效。這種疾病和齲齒等病一樣，
只傳染於生活在人工條件下的文明人之中，那些呼吸純
淨空氣、吃簡單食品的野蠻人從不受它侵擾。這種疾病
有時是致命的，不過它對醫生的損害比對患者的更大。
（《魔鬼辭典》）

　　兩條合併為一，抵得 Sigmund Freud《性欲理論三講》、《文明
和不滿》等皇皇巨著，其趣味性且有過之而無不及。「一種臨時性
的精神病，可用婚姻治癒」移作《毛詩》「寤寐求之……鐘鼓樂之」
的注腳，真是再也恰當不過了。

　　好了，不能再當「膽文公」了。《袖珍神學》與《魔鬼辭典》
妙語連珠，既驚人，又誨人，我們這些「生活在人工條件下的文明
人」不妨抽空撥冗，購而置諸座右、讀而思諸字外。

躲避死亡：卡爾維諾的哈佛講義

　　正如老舍因猝然逝世而與諾貝爾文學獎失之交臂一樣，義大利當代最有世界影響的作家伊塔洛・卡爾維諾也有同樣的遺憾。然而他的猝然逝世卻早被自己所預言，在其創作的最後一部小說《帕洛馬爾》（他自己卻說：「這是一本日記式的小品文集，內容是各種起碼的知識與外部世界建立聯繫的途徑、鼓勵或懲罰人們的沉默或講話，等等。」）的最後一段就有這樣的讖語：

> 帕洛馬爾心想：「如果時間也有盡頭，那麼時間也可以一刻一刻地加以描述，而每一刻時間被描述時卻無限膨脹，變得漫無邊際。」他決定開始著手描述自己一生中的每個時刻，只要不描述完這些時刻，他便不再去想死亡。恰恰在這個時刻他死亡了。

　　卡爾維諾為美國哈佛大學諾頓詩學（指亞里斯多德所謂的詩學）論壇準備的講稿《對二〇〇〇年以後的六條建議》也正是在如此的無奈中中斷的！

　　由於沒有足夠的壽元和美元，我們無緣聽到前五講從卡爾維諾的口裡講出來，但至少可以從他妻子為講稿寫的「序言」內得知：闕如的「第六講的題目是『連貫』，講赫爾曼・麥爾維爾的《代筆者

巴特貝》。」除此之外，還可以拜讀前五講的中譯本——在譯林出版社 2001 年 9 月第 1 版《卡爾維諾文集：寒冬夜行人等》末尾。

在這五課講義中，卡爾維諾打算每一課向二十一世紀推薦一個他所關心的、認為需要拯救的而許多人認為不言而喻的「標準」，它們分別為：「重量」、「速度」、「精確」、「形象鮮明」、「內容多樣」，都是講座的論點、講稿的題目。然而，卡爾維諾開宗明義時卻說：「這些講座的論點並不排斥它們的反面」，比如在誇耀輕時隱含地表達了對重的敬意，在讚揚快時並不去否定慢，之所以支持前者，是認為前者「有更多的東西需要說明」。這些說明構成了講稿的全部，看上去頭緒太多了，連卡爾維諾自己也不得不承認：「……各種聯繫不易被人看清，可能變成一篇各部分相互脫節的演說。」但他緊接著又改了口：談的所有問題「完全可以聯繫起來，因為有位奧林帕斯之神統領著它們。」在卡爾・榮格看來，這位藝術之神代表著「個性原則」，卡爾維諾則用援引來贊成它，只為它統領著自己講到的各個問題或各種聯繫。我們不大可能把這些問題或聯繫全部介紹個遍，雖然大的對象只是一個「文學」，但它已被卡爾維諾推到了廣義的範圍：

> 由於我們習慣於把文學看成是對知識的追求，為了在這塊土地上生長，我必須把它擴展成包括人類學、人種學和神話等在內的一門學問。
>
> 確切地說，我感興趣的不是某個具體的東西，而是我要寫的東西之外的一切東西，是我選擇的那個題目及其全部可能的變體、異體之間的關係，是這個題目的時空可能包括的一切事件。

　　所以，我們只在本文末尾摘出一些結論性的語句來共賞一下。我相信，這些吉光片羽也能折射出卡爾維諾的「個性原則」：「文學是一種生存功能，是尋求輕鬆，是對生活重負的一種反作用力」，「是在作品內部拖延時間，不停地進行躲避」死亡。若要表現在寫作手法上，就應該是頻繁的甚至徹頭徹尾的「離題或插敘」，雖然卡爾維諾並不崇尚，卻無法自我限制不去採用這種「Festina Lente」（拉丁語：忙而不亂）且出人意料地顯得和諧的偉大手法。

　　「修辭問題說到底，也是迅速做出抉擇的問題，是思想與表達是否敏捷的問題。」

　　「我深信寫散文與寫詩並無兩樣，不管寫什麼都要應找到那惟一的、既富於含義又簡明扼要的、令人難以忘懷的表達方式。」

　　「由於未來的時間非常繁忙，文學應該像詩歌或思想那樣高度濃縮。」

　　「如果人類沒有一部分人性格內向，對世界的現狀很不滿意，如果沒有一部人盯著不會發聲、不會活動的文字整天整天地苦思冥想，那麼文學自然也就不可能存在了。」

　　「有時候我覺得一場瘟疫襲擊了人類，使人類喪失了人類最大的特點——使用語言的能力，或者說一場語言瘟疫襲擊了人類，使其講些意義平淡、沒有棱角的話語。這些平庸一般的話與新情況發生撞擊時，決不會產生任何火花。

　　我不關心這樣的問題：這場瘟疫產生於政治、思想、官僚作風、群眾組織呢，還是產生於普通教育。我關心的是人類的健康狀況。文學，也許只有文學，才能幫助人們產生防止語言瘟疫傳播的抗體。」

　　「描寫朦朧狀態的詩人一定是主張精確性的詩人，善於用他的眼睛、耳朵和手，敏捷而準確地捕捉自己最細膩的感覺。」

　　「追求精確的這兩種努力，從來不會達到絕對令人滿意的程度：一是因為自然語言總比形式化語言表達的東西要多，總會帶有一定數量的噪音，干擾基本資訊；二是因為在說明我們周圍的世界的密度與連續性時，語言總會有些遺漏或片面性，不能把能夠表達的所有東西都表達出來。」

　　「語言彷彿就是一座臨時搭在空虛之上的很不牢固的橋樑。」

　　「幻想可以在任何土壤中誕生，甚至可以從與視覺幻想距離甚遠的現代科學術語中誕生。」

　　「現代小說應該像百科辭典，應該是認識的工具，更應該成為客觀世界中各種人物、各種事件的關係網。」

　　「不論是古代還是現代，文學的宏偉願望就是刻畫現在的與未來的各式各樣的關係。」

　　「在許多工作中，宏願過多會受到譴責，在文學中卻不會。文學生存的條件，就是提出宏偉的目標，甚至是超出一切可能的不能實現的目標。只有當詩人與作家提出別人想都不敢想的任務時，文學才能繼續發揮它的作用。自從科學不再信任一般解釋，不再信任非專業的、非專門的解釋以來，文學面臨的最大挑戰便是能否把各種知識與規則網羅到一起，反映外部世界那多樣而複雜的面貌。」

　　「我希望傳給二十一世紀的標準中最重的是這條標準：文學不僅要表現出對思維的範疇與精確性的愛好，而且要在理解詩的同時理解科學與哲學，就像瓦萊裡作為散文作家與評論家時做到的那樣。」

偽書《普希金秘密日記》中的一則書話

　　文學發展到一定階段，作家們就開始不滿足於僅僅用手寫作了，還得時時輔以身體上的其他器官（如《水滸》所謂「鳥」等），彷彿不這樣便表達不出「一個完全赤坦的靈魂」。中國文革後出版的此類「名著」正在常銷或暢銷中經受各種考驗，我們只好拭目以待結果，暫不去評說。而作於 1836 至 1837 年的《普希金秘密日記》就不同了，作者早被史冊裝殮，已不能強求我們為尊者諱了。該日記除了一些單字與措辭使用俄文，其餘都用法文密碼，後經人解碼全譯為具有現代語調的俄文。到了 1999 年，又有人將其翻成漢文，使看得懂《肉蒲團》的中國讀者輕易就能閱覽並「研究」。

　　《普希金秘密日記》雖被視為普希金的「私房秘記」、「性史告白」、「性自傳」，但也不乏雅言警句，下列這則「書話」更是其中的犖犖者、佼佼者：

　　　　看著書房裡的幾百本書，我想到其中大多數自從我讀過或瀏覽一次以來，就不曾再碰一碰。但是，我也不曾考慮將它們打發──萬一哪天想翻開哪本瞧瞧，如何是好？我平日但有餘錢，不是購買新書，就是付與妓女。買書之樂，與讀書之樂頗有差別：端詳、嗅聞、翻扒一本新書，本身就是幸福。

書本由於伸手可得，使我心中穩實，我只要願意，就能利用。女人也是如此──我需要很多，而她們必須像書一般在我面前張開。的確，在我來說，書與女人在許多方面頗相類似。翻開一本書，就像分開一個女人的雙腿──看一次，長一知。每本書都有它自己的氣味：打開一本書，吸氣，你聞到油墨，而每本書的油墨味道各各不同。將一本處女書頁割開，是一種難以言喻的樂趣。就是一本蠢書，我第一次打開的時候，也興味盎然。書愈上道，愈吸引我，封面對我就無關緊要。女人則未必如此。

正如一個女人碰到任何技巧高明的男人都會高潮，一本書使任何將它拿在手裡的人受益。任何人只要能瞭解它，它就給他知識的喜悅。所以，對我的書，我是善妒的，不情願給別人讀，我的書房是我的後宮。

讓人想起臺灣詩人洛夫的散文：

女人與詩唯一不同的地方也許是：一首好詩，不管當代有沒人讀它，仍不失為一首好詩，而女人的魅力卻隨時要有人欣賞，有的則需要慢慢讀才能讀出味道來。

其中的「詩」字又何嘗不能置換成「書」呢？

第三輯

秋日布魯當斯

讀史

　　一擰檯燈，寸陰便點燃了。彷彿透過清澈的溪，我無礙地直視自學成才範圍內時間的積澱。窗外遠處黑黢黢的，正像盲人的視野、我的頭髮或者巨測之湖。這時，光的有無開始僵峙，而且無還遙遙超過了有，就跟湖比溪寬廣一樣。

　　看著，翻著，翻著，看著：家貧、早孤、寄人籬下……，每個字眼都是磐石，但這些砸不死對知識的渴求。古代，窮人自學成才確屬難能可貴。白天，要參加操勞；晚上，還須搞點副業，家務事也挺繁瑣。儘管如此，他們仍見縫插針抓緊所有機會孜孜矻矻地肄業，早已突破了三餘。

　　夜降臨，看書更需光亮了。沒有燈，就去撿、去借、去捉、去偷。白晝，順便在幹活的空隙撿些糠皮、蒿桿、荻段、松節什麼的，待天黑了好焚著攻讀。特別的當兒，還能借雪光、月色和佛殿的長明燈複習。夏日，便逮幾十隻螢火蟲裝進練囊掛於案頭帳中照明。鄰居以蠟代薪、夜闌猶剪燈花弄，自己只能鑿壁偷光。勞動累了容易疲倦，映月難免從屋頂絆下來，燎麻甚至燒了頭髮，疼醒後，他們權當瞌睡被攛走了，又繼續溫詩直到烏啼雞咮。

　　於是，我懂得為什麼窮鄉下邑的溪既清且漣、瘠土僻壤之湖瞅似單調卻那麼博大高深。難道無中真能生有？君不見可燃冰冷中出熱？

荊山玉

　　歲月並不平凡，善變彷彿撲朔迷離、盤根錯節的夢。一覺醒來，我們總是不堪幽夢太匆匆或者高眠尋斷夢。除了殫精竭慮地追憶——那是比做夢還有意思的事，還希冀它重複，跂望它成真。但黃粱不會老煮不熟，希望歸希望，有的夢酷肖囈語惛惛，自己做了卻不知道它是否被日本傳說裡的獏吃了。即使曉德，夢也了無屐痕馬跡，又怎能用文字細細地描畫？又怎能拿印第安人的網套緊？縱然你將夢花放在榻側枕畔，一個除夕又豈能回想完三百六十五夜的夢！多麼無情的公理喇不像燈可以輕易熄滅、輕易開啟。

　　幸虧悠悠宇宙中朗朗乾坤內傑傑黎元命好，浮生儘管若夢，畢竟非夢。於是，堅信未來不是夢的熱腹人便冷眼觀人、冷耳聽語、冷情當感、冷心思理，求索歲月的不平凡。兩點三餐看似尋常最奇崛：你的足不小心被玻璃戳破，鮮血剛淌出，陌生的紙巾就遞了上來；我正視太陽，陰影便拋諸腦後；藍屬冷色，但沼氣燃燒時才呈現；燈火闌珊處路人提示他莫慌，前途需要腳踏實地走下去……。自然是袒胸露乳的大書，自始至終蓬蓬勃勃欣欣向榮，停瀦積攢了舞手蹈腳晃頭擺尾瞠目結舌的奇跡；歲月的不平凡鱗次櫛比星羅棋佈林立丘積，並非局限於某段時空。對我們的明眸不是匱乏歲月的不平凡，而是缺少發現。

　　歲月一旦被弗慮弗圖地蹉跎了，猛回頭定會令你驚奇詫異，像打破漆桶一樣。為什麼沒在經歷中發覺？為什麼……？為什麼……？再多的遺憾只會徒增悽愴，平添怨艾。夕陽西下水東流，搗戈繫繩投鞭抽刀亦無濟無補，返日分水的中外掌故只能算遺憾後的寄託，只有在躬行著的歲月裡多問幾個為什麼才是為自己負責。哪怕發現的光是顆粒點滴、木屑竹頭也值得，銖積寸累日益月增，到時你方有勇氣漂泊。針對滄桑跟浪漫既可痛飲狂歌，又能淺斟低唱。你將心感身受花期雨季永存，改動的只是形式而已。懊喪好比「惡之華」，相反烘托出自由：走你的路，讓人家去說吧！為了那道遠方的風景，百爾所思，不如我所之。

　　春種夏耘秋收冬藏每回有每回的領悟，月一年十二度圓缺，荒誕的夢每次都在幻化，雖然有的就連我們自己也無法捕捉。無論雨晝風宵，歲月不平凡仍舊不平凡，平凡的還是你尚未去發掘非凡的本體。昔時賢文誨語諄諄：「擊石原有火，不擊乃無煙」；非洲的烏龜也說：不睡覺，沒有夢。

秋

一

每當北斗之柄西指，每當合歡扇圓而復缺，你已經起死回生。隨後，牛女鵲橋約會，焚香秉燭祭鬼，佛教解救倒懸；和露摘金菊，帶霜烹紫蟹，煮酒燒丹楓；……

不僅僅在荻苗水流過鵝卵石的聲音那裡，不僅僅在山明淨而如妝那裡，風、雨、獸毫、促織均能看出你與春是一對孿生兄妹，正像夏和冬是龍鳳胎一樣，雖然冰炭參商之間有酷暑嚴寒的阻撓。

你仍是你。你是植物成熟的季節：「榮樹的眼睛」成熟了，「東籬隱士」成熟了，盤中餐成熟了。你是顏色絢麗的季節：絢麗得快要燃了起來，只需兩朵火眼，而不囿於青山綠水白草紅葉黃花。你是滿月收穫的季節：滿月照顧農民收穫的同時收穫了人類的頂禮膜拜、讚美以及愛戀。你是靈感噴湧的季節：冬眠後的靈感在春天發芽，在夏日抽穗，現今便似胡髭氾濫成災。你是萬美之最。

　　我愛你，但求你別飛上心頭使我若在遠行、登高、臨川、送將歸。如果你偏要佔據「靈之舍」，我只好盼望雁引愁去，或者像白居易那樣：「莫怕秋無伴愁物／水蓮花盡木蓮開」。

二

　　倘若有人叫我用天文、氣象與物候去代表南國分明的四季景致，我可以信手拈出一條成語──風花雪月，但月色卻不會普照整段千嬌百媚的多雨之秋。如果說晴天的秋絢爛已極，陰天則很平淡，那麼雨天之秋就是絢爛復歸於平淡、繁華落盡見真淳的全過程。如果秋陽下適宜翻曬積澱的快樂，陰霾平添了我們的抑鬱，而雨中反能培養直覺或靈感。

　　針對一個出生於立秋節、成長於溫潤盆地的人來講，在雨天欣賞秋光便顯得非常自然。學生時代，我們這些不識愁滋味的少年經常坐在井底憑藉方塊字讚美秋季，往往落入前人的窠臼和今日的俗套，好像多籽的紅石榴，正如甘且脆的青蘋果，恰似心臉不一的黃香蕉。當小樹成材、獨木成林，我也試著從每次不同、每秒各異的秋雨裡玩味出一點特別的情理來，除了「樹無風雨不成秋」、「雨聲窗納一天秋」之外。

　　所謂「無邊絲雨細如愁」，其實移植嫁接在秋的身上才恰到好處。被連綿的雨簾虛掩著，秋不正為愁最形象的代言者嗎？你興許覺得費解，但可以從偷窺密室、隔霧品花的體驗內嚐到這種濕淋淋的朦朧，散文家曾拿秋雨比之於美夢算是切中了肯綮。因此，秋即

人，還是一位猶抱琵琶半遮面的古裝歌女，而且無須千呼萬喚。春盡了，秋自會姍姍地由雨巷盡頭走來，敲敲你的傘，就當給你打了招呼。即使你心煩意亂，亦不能夠阻遏她挾風帶雨的曼妙氣勢；你縱有天大的芭蕉扇，也麾之不去。

雨斷斷續續，秋停停走走，一切比喻都是那麼的蹩腳，倘若雨天之秋真能含情，早該老掉了牙。我看她時，想必她也在瞧我，她歡樂便認為我喜悅；同理，我悲她亦憂。就像大衛王的戒指銘「一切都會過去」再平常不過了，而人難過時看著它就會高興，高興時看著它又會難過起來。關於這種「情哀則景哀，情樂則景樂」的情形，詩人吟過：「芭蕉葉上無愁雨／只是聽時人斷腸」；畫家寫過：「一個人情緒低落的時候，萬物似都在愁雲慘霧之中」。名實相副的秋只是植物成熟之期罷了，或如金聖歎所講「秋乃歲之暮，暮乃日之秋」，三月竹秋、五月麥秋、七月蘭秋又何嘗有愁有朦朧的內涵呢？傳說大椿以八千歲為秋，簡直稱得上樹中彭祖，又何嘗如夢的短暫可歎呢？

三

靈感比風和影更難捕捉，然而它卻特像雪花，每次都旋開旋落旋成空。值得忻幸的是：第三季已準時降臨世間——秋露如珠，秋月如珪，秋風颯颯，秋雨微微……多愁善感的人們又將收割不計其數的靈感，如同身處波爾金諾、雨不厭青苔、落木千山，清詩所謂「秋心如海復如潮」大概也是在詠歎此物此志吧。

　　夏的背影漸行漸遠，那些躲避太陽的舉動也就跟隨摺扇開始隱居。相反，靈感似乎總因秋雨灌溉而旺盛地滋長繁衍，且常常給人一種「瞻之在前，忽焉在後」的錯覺，不即刻把它落實到字裡行間，便會惘然若失，這興許正是靈感冠有靈字的緣故吧。

　　秋雨有序無序地敲打陽臺外的鋁蓬，點點滴滴重重疊疊著相同的腳韻，聽得久了，你會不會誤以為每顆雨珠皆韞藏靈感如記事珠大含細入？我可能會。藝術細胞衰竭的炎熱日子實在太過漫漫長長，誰不想有朝一日天下靈感？

　　絮叨了大半篇，我還是沒恢復往昔秋雨中應有的覺悟，才聒噪地餖飣了一堆缺乏靈氣的雜感，姑且能夠勝過模棱兩可的夢話。烈日與涼雨尚且需要過渡，我又何苦苛求自己不去慢慢適應情緒季節性的嬗變呢？

四

　　沒有不終的曲，沒有不散的席，長夏再長，也總算銷完了，我合攏扇、撤下簟，心甘情願地投入秋的懷抱。人慵散得只想看書，毫無心思將滿匣盈帙的詩草文稿敲進電腦，我知道這是「春困」的遠房親戚「秋日布魯斯」來了。人類有一種似好非好的情緒便叫秋日布魯斯，如果要拿中國古語對譯，自然非「悲秋」一詞莫屬了。說這種悲秋情緒不壞，是因為它向來就有助於文藝的創造：蔡邕援琴而作《秋思》之弄，普希金在波爾金諾的秋天內靈感得以泉湧井

噴，恐怕都離不開它的催化。當然，如果你不夠粗心，從我的字裡行間也能尋訪到它那深淺不一的蹤跡或者變相。對了，我還依稀記得：初次邂逅長恩並開始愛戀繆斯的時候也恰巧是一個秋季──一九九四年那個憂鬱的秋季。

五

許是從象徵指稱的經濟或節約原則出發吧，人們往往用同一個象徵物去表現兩個邏輯上對立的過程或概念，這類象徵物又常常可以一個字或詞拈示出來。「秋」就是這樣的一個字、一個具有多種成份的語義分子：豐收叫秋，如《尚書》「若農服田，力穡乃亦有秋」；歉收也叫秋，如今四川口語「生意秋得很」。這恰似：《莊子》之秋既有「萬寶成」的一面，也有「淒然」的一面；宋玉《九辯》「廩秋」既可讀作凜秋，又可認為萬寶廩於金秋。眼前的景況又何嘗不是如此呢？不下雨的時候，秋高氣爽，遊人如織，連蠓蟲也複出了；一下起來就沒個完，點滴霖霪，點滴霖霪，弄得敏感者只好悶在家中發愁。

我雖然出生在一個晴朗的立秋日，但仍然不可避免地長成了一個愛秋又悲秋的敏感者，敏感得就像《郁離子》裡的魚或鳥：「水泉縮而潛魚驚，霜鍾鳴而巢鳥悲，畏夫川之竭、林之落也。」不過我並不怕林木的衰落，因為它跟「清露晨流，新桐初引」一樣也飽含著詩意和美學價值，而包含著它的秋對於我一如愛與死對於小說家也是一個體味不盡、詠歎不盡的永恆主題。

　　每年我是最先從桂花的飄香中體驗到秋的降臨的，在我起居的這個大院子裡，只有入秋才能聞到桂花香，如果主觀地說桂花的香味就是秋的香味也未嘗不可。如果用口舌來感受秋的話，那麼秋又是一壇萬寶釀成的酒，有《說文解字》為證：「酉，就也；八月黍成，可為酎酒……酉為秋門，萬物已入。」如果我承認音樂是我抵禦孤獨的主要武器，那麼秋就是我享受孤獨的黃金時間，月下獨酌，佐以花香，該是多麼難得而易失的休閒啊！

笑

詩人詠歎流下也就忘記了的淚珠是照耀心胸的陽光，歌德寫過《讓我哭吧》；醫學更苦口婆心：哭可以擴張肺泡，消弭憤怒，增進眼部運動；流行歌詞也唱道倡導：男人哭吧哭吧哭吧不是罪。大丈夫們卻始終缺乏勇氣反叛有淚不輕彈的傳統輿論，去做一回淒淒戚戚的「小人」，讓熱淚斷臉復橫頤。他們不知曉古希臘諺語「哭的男人常是好人」、屠格涅夫名言「世間有些微笑往往比眼淚更悲慘」，不在乎「男笑癡，女笑賤」的嘲諷，寧願隱於笑或者談笑以藥倦。他們認為：閃電是天的銀笑，春葩含日似笑，春山豔冶而如笑，不開口笑是癡人，那些能觸動笑神經的事物最可愛。蒲松齡就算得上後者的代表──

> 竊聞山中有草名「笑矣乎」，嗅之則笑不可止。房中植此一種，則合歡、忘憂並無顏色矣；若解語花，正嫌其作態耳。

我倒覺得，男子漢們正好以笑抵消因不敢哭給身心帶來的不良影響，譬如平均壽命短於婦女；而毋須顧忌到笑不露齒等等戒條，雖然笑裡邊也包括苦笑。對了，笑裡邊不光含苦味，還有「你笑得好甜哦」，甚至能伏虎藏刀。

在難逢開口笑的塵世內，人們似乎挺容易禮尚往來地把笑口常開這類稀鬆平常的祝福語通過信件、留言等等媒介載體傳達至親戚朋友，而他或她自己卻並不一定愉悅，極有可能還受著罪、流著淚。魯達基曾告訴大家濁世間有四件珍寶能使人類擺脫憂愁充滿歡笑：健康的身體、高尚的品德、良好的名聲、聰明的頭腦。但某些時候，笑很難得，也許你將為之付出比烽火戲諸侯、胡塵滿玉樓更沉重更慘烈的代價，正如陳師道《絕句》所詠：「世事相違每如此／好懷百歲幾回開」，曾國藩甚至說：「蒼天可補河可塞／唯有好懷不易開」。為何要笑？笑一笑，十年少，一笑泯恩仇，笑開天下古今愁，沒理由不撫掌捧腹開顏解頤。笑些什麼？百事可樂，萬事如意，笑天下可笑之事。

知音知心知己

讀高中的時候，我曾接觸到這樣一句「警世通言」：

> 恩德相結者謂之知己，腹心相照者謂之知心，聲氣相求者
> 謂之知音，總來叫做相知。

我的看法卻跟它判若醇疵：知音＋知心＝知己。換言之，知音正像畫虎畫皮，曉聲然後推測想見其心，進而瞭解全人。

一提及知音這兩個字眼，我又會條件反射似地記起劉勰的喟歎：

> 知音其難哉！音實難知，知實難逢，逢其知音千載其一乎！

無獨有偶，李贄也曾感慨：

> 嗚呼！何代無人，特恨無識人者！何世希音，特恨無賞音者！

難怪俗話常說──相識滿天下，知心能幾人；黃金、朋友容易得，知己一個也難求；士為知己死，女為悅己容。

人心隔著肚皮，缺少可以收容吸納腳步的路徑升「房」入「室」，時間恰恰賦予你我肉眼透視的偉力。於是乎，日久見人心，蓋棺始論定，對方算不算遠道良驥、疾風勁草、烈火真金均將水落石出、紙破窗明、昭昭然大白天下如星懸日揭。

　　在中國諺語內，知己與酒結有不解之緣：酒逢知己飲，酒逢知己千盅少，酒肉面前知己假，……。諸如此類彷彿讓我嗅出了紙背字裡的血腥和鹹淚，而解憂袪慮療愁蠲忿的酒毫無感覺，不該冤枉地替儀狄、杜康、劉白墮、焦革、王績或者高陽之徒承受千年的罵名。

　　暫聚如萍，忽散似雲，滿地黃花堆積：都像風流雨落星離的親朋好友，而相知者還是未知數。倘踏破鐵鞋仍碰不上知音、知心、知己，酒意詩情誰與共？錦瑟華年誰與度？誰與我遊兮吾誰與從？這些恐怕不僅僅為文人的牢騷吧。難道只有胎兒與母體才能做到真實而又短暫的同呼吸、共命運？難道管夷吾和鮑叔牙的友誼全是寓言、梁山伯跟祝英台的愛情純屬傳說？其實，世上本就沒有一個人能完全瞭解另一個人，無論夫妻父子兄弟姊妹都一樣，所謂可與語人無二三；即使朋友看朋友是透明的，他們也總有什麼隔著，興許是玻璃幕牆，興許是樹脂鏡片，興許是人造水晶，興許是透光高層雲，興許是糯米紙，興許是塑膠薄膜，興許是雲母石，興許是春冰，只不過或厚或薄；甚至於一位精神病醫生同一位她通過多次談話進行觀察研究的患者之間依然不存在可讓一個人走過去與另一個進行多維度對接的橋樑。第歐根尼‧拉爾修講得好：「親愛的朋友們，朋友是不存在的」。所有友誼場中失意的朋友啊！讓我們拿出李謫仙「千金散盡還複來」的豪情吧！大家連袂並轡突破那些被交濫、說濫、唱濫、寫濫的相知圍城！

打電話寫信

　　有人說：電話是魔鬼的一種發明，由於它的問世，要想把某些討厭的傢伙拒於千里之外是不可能的了。於是有人說：最恨朋友間通電話，寧可寫信。那他只配當一言堂堂主，歷史上、現實內一直還共存投筆動嘴者、兼而用之者以及杜門謝客者。選擇是困難的，所以投筆動嘴最值一提。也許他把自己的文字潤格定得極高，或者認為事小無須翰墨，甚至壓根兒就是文盲。話說回頭，打電話可以省掉面目可憎者的晤談、文理欠通者的寫信、戀人間撒謊的尷尬，倒也算功德無量。而信也是一種不用帶禮物的探親訪友方式，與打電話有異曲同工之妙。

　　有人說：電話是懶人的拜訪、吝嗇鬼的通信，最不夠意思！並且一個人的聲音往往在聽筒中變得認不出，變得難聽。雖然講得痛快，但尚不完善，因為對方的聲音大多數都能保真，而個別也會變得順耳，這點任何跟德律風先生經常打交道的人均可旁證。

　　有人說：書信寫作是最溫柔的藝術，其親切細膩僅次於日記。當初我深讚此言，一旦收到神似說明文的尺牘以後便不敢苟同了，或者在將魚雁般的心裡肺腑寄錯了對象以後，或者在將金石般的筆底珠璣投錯了地方以後。依我看，書信寫作是最自由的藝術，你可以不顧任何技巧、規範隨意信筆寫來，嘻笑怒罵皆成文章。

　　有人說：電話響有如夜貓子進宅，能催魂盜魂。其實，人是最矛盾的動物（難怪世界不停地湧現鳥籠現象、圍城現象、怪圈現象……），一會兒喜歡獨處幽谷，一會兒又追求熱鬧，如果眼睜睜看著綠衣人過門不入便感覺淒涼難堪，好比空別著傳呼、手機而幾十天接不到半條訊息，恐怕你不遷怒服務台也難。

鞋

　　古者庶人草屨縮絲尚韋而已,及其後則綦下不惜、鞔鞮革舃;今富者紃裡紃下絨端縱緣,中者薊茸秦堅、婢妾韋沓絲履、走者茸屨絢縚:這是西漢桓寬《鹽鐵論》裡儒生的說法。草屨就是草履,梁紹壬《兩般秋雨盦隨筆》:「草履名不惜」。或云,不惜即麻鞋。文人寫作向來好古,他們所講的屨、履等大多數都不過為一種避免重字的通稱罷了,就像現在提起鞋可以指膠鞋、布鞋、棕鞋、拖鞋,也可以指木屐革履,並非定要取它的原義。所以,西漢鹽鐵會議上儒生談論的意思是:古時候百姓穿草鞋最多拴皮條做的鞋帶,到後來則著麻鞋或皮鞋;今天有錢人的鞋子以素裯襯裡、底上嵌條、前頭後跟及邊沿都加了絨布,中等家庭閒坐時鞋內有香草編的鞋墊鞋幫、奴僕侍妾穿著柔軟的皮鞋或絲鞋。

　　我經常留意眾生足下,發覺當代科技已如戴宗太保一般日行千里,豐富的鞋類不得不令人刮目相看,僅僅從材料的組接、色彩的搭配就夠你琢磨好一陣子。一雙三寸既有布又有膠、既有人造革又有動物皮、既有打蠟的線索鞋帶又有鐵製的鞋骨鞋掌、既有齒又有輪、既繡花又鑲金、既閃冷光又發雜訊、……總之,小玩意包裹囊括大學問,一隻鞋能反映出一個國家的國力進退強弱。據悉,一個人的貧窮也是由鞋權輿的,美國歐‧亨利小說《警察和讚美詩》寫

道：蘇比剛邁入飯店大門，領班的眼光就落到他的破皮鞋上，粗壯俐落的手把他推了個轉身，悄悄而迅速地將其打發至人行道中。雖然如此，人窮志堅者也大有先例。《梁書》大儒劉瓛的交遊多車馬貴族，范縝在其門下求學數年，去來歸家，一直是「芒屩」徒行於路，毫無愧色。反而勤學而卓越，劉瓛還親自為他舉行冠禮。既長，遂博通經術，尤精於三禮之學。

傳說，舊式鞋面中間縫合的部位有道突出的鞋梁叫豬革梁，大家口耳相傳遂訛為諸葛亮。從此，皮匠和蜀相才產生了曠世奇緣，連毛澤東都曾一再明引「三個臭皮匠抵個諸葛亮」這句約定俗成的諺語來論證人民群眾具有創造的偉力。或云，諸葛亮有三個皮匠出身的隨從曾為其出謀劃策。可見，鞋事雖小，可以喻大。難怪俗話說「皮鞋擦得亮，愛情有方向」、燈謎還形容鞋為兩條船，船的有無、沉浮自然攸關主人的旦夕禍福。因此，我頗懷疑民間人在逝世前拿荷葉或紙與布自作「老鞋」、西方神話的「快靴」均有淵源待溯，只須踏破鐵鞋。

論幸福

　　對生活的幸福，不同時代及各異的人群持有許多分歧的概念。英國人伯特蘭‧羅素曾提出初步的界說：

　　　善良生活是由愛構成，由知識導引。推動我的是盡可能去
　　　過這樣的生活之求，而且幫助他人去過這種生活。

　　這和法國人讓‧雅克‧盧梭所謂「我只能在大家都幸福時才感到幸福」一樣，大有救世色彩。相形之下，我等素乏治平宏圖的蛀書蟲簡直無地自容。慚愧歸慚愧，我還是要不揣譾陋陳述我的見解，期望儘量多得回應。

　　在哲學家眼裡，集體癘病跟巨型戰爭——千軍萬馬像一群為了一粒穀而拼命打架的螞蟻——皆未能產生一種幸福的生活，其結果只會是大規模的死亡。不啻如此，便是同時擁有雄厚的物質基礎若鈔票者和美滿的精神建築若家庭者，也不一定能感覺幸福。竊以為光有愛、知識與財富還不夠，應該主動確立或努力發掘一個適合自身的奮鬥目標，「若射之有志」。一旦找到，你就算窺見幸福的端倪了。在法國人拉‧梅特里看來：「有研究的興味的人是幸福的！」其實，對某事能感到興味也就是找到了目標，找到了目標才能感到興味，這種興味乃是幸福之父，如果它不就是幸福的話。當然，接

下來是更加倍刻苦地向前進軍。這方面，前輩已為我們樹起了圭臬榜樣，中國有許穆夫人：

> 百爾所思
> 不如我所之

德國有伊曼努爾・康德先生：

> 我已經給自己選定了道路，我就將堅定不移，任何力量都無法阻礙我沿著這條道路走下去。

朝著「我所之」的方向「走下去」吧，幸福就在不遠處等你！

說理想

一說起來，「理想」似乎就必然要替目不可及的「遙遠」代言，甚至充當「完美」的代詞，我們似乎只有義務去接受這個早已約定俗成的事實，毫無逆向換位進行思維的主動權。其實，現狀同理想之間也不過安著距離這個唯一的障礙。唯一殘酷的是，所謂距離無一例外都形成於天工人工的合力，彷彿牢不可破。很幸運，此種無奈歷來皆有詩為證：在古是「其室則邇／其人甚遠」；在今是「你看我時很遠，／你看雲時很近」……很微妙，這些句子均能跟愛情沾上邊，而尚未到手或難以預見的愛情又常被用作理想的文學象徵。

在追求理想倍感疲憊之後，一次接一番的失敗挫傷讓灰心更添麻木，非理想的立即落實便無以挽回它的鮮紅與活躍。好像吳牛喘月、蜀犬吠日，誰不歡迎理想的初來乍到，尤其在追求高度倦怠之餘！我們當然允許自然而然的疲倦，但絕對會鄙薄放棄或背叛，即使理想似身後名在有生之年終不能如願兌現，至少我們努力奮鬥過，從未暫停稍息，並且一直在學習逐日的夸父，倒下的軀體也堅定地指向前方——那佈滿希冀和蒺藜的前方。

不朽的落葉

　　我曾在一首短詩的末尾形容「秋是葉落下來的」，瞭解了 fall 之後就越發覺得事實也是如此。Fall 是美國對秋季（autumn）的稱呼，出自古英文 feallan，又可溯源至古印歐語 phol，原意是「樹葉凋落」，頗能與唐詩「一葉落知天下秋」相映成趣。

　　秋天是葉片大幅度凋落的季節，正如春天百花齊放、夏天為蚊蟲所苦、冬天我們則怨尤寒冷一般，自然而然，不期然而然。的確，不同的季節和景致總能引起人們相異的情緒反應，陸機《文賦》亦云：「遵四時以歎逝，瞻萬物而思紛；悲落葉於勁秋，喜柔條於芳春。」被金聖歎譬作「歲之暮」的秋再加上被陸游喻作「更與愁人作雨聲」的葉，多情者能不悲嗎，遑論文人？這種悲秋情緒西方稱為「秋日布魯斯」，據德國科學家研究發現，它產生的主因之一是：秋天來臨，日照時間縮短，光線不足，從而影響到人體內某些激素的生成，導致部分人群生物鐘出現紊亂，作息節奏發生變化，一些人有時還會覺得身體虛弱、疲勞等。我常臆想，悲秋情緒大概也跟人們總把落葉聯繫到死亡有關吧。屠格涅夫《父與子》描寫道：「它飄著就跟一隻蝴蝶在飛一樣。這不奇怪嗎？最悲慘的死的東西──卻跟最快樂的活的東西一樣。」泰戈爾《飛鳥集》抒發道：「使生如夏花之絢爛，死如秋葉之靜美。」諸如此類都是由葉的一定生活期的結束而旁生感觸的。

　　然而葉子是怎麼落下來的呢？原來，隨著葉片老化，生長荷爾蒙──茁長素消失，葉柄下的細胞也開始分化。兩三排對著葉柄軸線右角的小細胞與水作用後分開，使葉柄只靠幾縷木質部岌岌然懸於莖上，陳繼儒所謂「枝頭秋葉將落，猶然戀樹」即此。一陣微颸拂過，葉片自會隨之飄墜，《淮南子‧說林》「使葉落者，風搖之」、陸機《豪士賦》「落葉俟微風以隕，而風之力蓋寡……何者？欲隕之葉無所假烈風」、張岱《夜航船》郎仁寶曰「秋之風自上而下，木葉因之以隕」即此。所以《毛詩》有「蘀兮蘀兮／風其漂女」、《楚辭》有「嫋嫋兮秋風／洞庭波兮木葉下」、唐詩有「秋風生渭水／落葉滿長安」、「況屬高風晚／山山黃葉飛」之類的因果式連文。與此相近的佼佼者要算漢武帝劉徹的《秋風辭》：「秋風起兮白雲飛／草木黃兮雁南歸」，「草木黃」當然是從葉黃起。還有就是魏文帝曹丕的《燕歌行》「秋風蕭瑟天氣涼／草木搖落露為霜」、張翰的「秋風起兮木葉飛」、王闓運的「西風吹吟魂／墮為江上葉」等警句。後世好事者又偽託劉徹之名作了一首《落葉哀蟬曲》思懷李夫人，內有句云：「落葉依於重扃」。千載以降，竟被意象派發起人之一的美國詩人龐德取作詩料，改曰：「一片潮濕的樹葉粘在門檻上」。落葉這個中外咸宜的意象無疑有助於抒情主人翁營造悽楚神傷的情境。

　　「漢宮之流葉，蜀女之飄梧，令後世有情之人咨嗟想慕，托之語言，寄之歌詠」（陳繼儒《小窗幽記》），而「樹高千尺，葉落歸根」則是先民不忘本的象徵。在城市堅硬的地面的排斥下，落葉卻只能有被清潔工或垃圾車帶走的命運。於是，騷人雅士們的筆墨成了它們近乎永恆的根，誠如費特所說：「這片落葉雖已枯萎飄零，

但卻在詩歌裡發著永恆的金光」；通過寄託人的情思，死葉又獲得了新的生命。每當聽到「鏗然一葉」（蘇軾詞句），我彷彿看見了伊甸園裡永不凋謝的無花果葉自眼前掉落，青春如荊軻壯士一去兮不復還，此景此情又怎一個愁或悲字了得！

愛情滑鐵盧

有一出舊戲叫《藍橋記》，演繹了一段晚唐的傳奇，人與神戀愛，最終還是個完婚成仙的喜劇結局，雖然看上去很難賺取觀眾的眼淚，但「藍橋」一詞卻普及成了漢語詩文的典故，甚至被借來翻譯美國電影《Waterloo Bridge》。

每次用電腦顯示幕重播《魂斷藍橋》，我都會讓深夜和記憶包裹自己，一如克羅寧倚於滑鐵盧橋欄那樣。然而，我是坐在無依無靠的冷凳上，挨著夜渲開的黑，企圖這低溫的氛圍能幫助視聽感受更加接近那個二戰中的霧都，記憶也可以追溯到無窮遠。

如果說頭髮是煩惱形而下的象徵之一，那麼藝術家們拿橋表現愛情再也恰切不過了──橋能在瞬間串聯愛情，卻無法保證愛情永久地不脫節。《莊子》裡就有個在橋下湮滅的癡戀故事：「尾生與女子期於樑下，女子不來，水至不去，抱樑柱而死」，相對而言，瑪拉與克羅寧的愛情卻是終結於橋上的，當時倫敦正下著夜霧又洶湧著車流。命運即使被空襲的死亡陰影所籠罩，仍不忘向我們的男女主人公開出蘭因絮果式的玩笑。

現實氣質的瑪拉和浪漫氣質的克羅寧邂逅相逢於橋上，緣起幕啟，橋像似愛情的諾曼第；瑪拉誤信克羅寧已陣亡，迫於生存，無奈地從橋上轉折了自己的人生，淪入風塵，橋麻木地見證了愛情的

曲折與戰爭的殘酷；壓抑在內心的自尊和自卑合成一柄雙刃劍，最終還是未能抵禦住現實的嘲弄，瑪拉斷然逃婚，自殺在車輪下，緣滅幕落，橋突變為愛情的滑鐵盧。這一切使我想起了佛洛伊德《精神分析引論》曾引用過的那句俗語：「生命是一座吊橋。」滑鐵盧啊滑鐵盧橋，還有滑鐵盧火車站，跟《一路平安》的背景音樂、吉祥符的幾次出場，竟然無一不暗示或反諷出：「可惡的戰爭」往往就是愛情最大的勁敵，而門第的偏見又很樂意充當戰爭最得力的幫兇！

問路

世上究竟有幾條路？

只有一條，從生到死，只有一條。

世界雖大，但最簡單，不過是無數長短線段的集合罷了。說得具體點，這些線段就是路，路的起點與終點即為線段的兩端，住著人以及人的身外之物。

其實世上有多少人就有多少條路，所以，以賽亞說「我的道路非同你們的道路」，維吾爾族諺語說「人生下來都一樣，所走的道路不一樣」。

從高處或者地外來看，世上根本就沒有任何路，故蘇東坡詩曰：「天壤之間／水居其多／人之往來／如鷁在河」。

難道河不可以叫做水路嗎？《德拉克羅瓦日記》不云乎：「據說河流乃是流動的大道」？

忘記

生命的過程就是忘記的過程。

忘記是什麼？忘記就是捨得：忘即是捨，至少是捨的一種；記就是得，至少是得的一類，所以古有「小有所志者，必大有所忘」一說、今有「記得」一詞。

忘記什麼又為什麼要忘記？我們總想忘掉一些人或事，因為他們讓我們產生了痛苦，而且林林總總。然而常常欲忘不能，偏偏會深深地記得，甚至於刻骨銘心、沒齒難忘。

得喜失嗔的人總害怕被別人忘卻，極端的還擔心被後世遺忘，這興許是怕孤獨的一種表現吧。像杜預、顏真卿那樣「刻石高山深谷」，只不過是對遺忘最笨拙的反抗罷了，而李白詩云「且樂生前一杯酒／何須身後千載名」，又何嘗不是故作曠達呢？誠如安特列夫所謂：「垂死的人想活在著作上，是太可悲的事。」

「相濡以沫」，魚失去了水，卻記住了危機；「相忘於江湖」，魚淡忘了水，卻得到了安全與自由，原來忘也是一種得啊！

雖然拉丁俗語說「我們記得多少，我們就知道多少」，但也大可不必去死記硬背。忘、記都自然地、無形地帶著一種選擇性。不管是魚是人，動物的一生都非常短暫，讓我們能忘就忘，能記就記，

記不住的就忘掉，忘不掉的就記住，一切順其自然，自然而然也就
捨去了一些擔心、得來了一些安心。

枯楊生華

坐在夕陽的迴光返照之中，我想到的不是一種文明的尾聲，也不是一個王朝的末日，而是三位老人的晚景。

莊周行將就木，弟子們準備舉行厚葬，可莊周是一個看破生死的哲人，對後事自然淡漠得很，他說：「天地作我的棺槨，日月作我的雙璧，星辰作我的珠璣，萬物作我的陪葬。超級葬儀老天早就給我準備好了，何需你們來操辦呢？」弟子們解釋道：「恐怕禿鷲和烏鴉要啄食老師啊。」莊周卻泰然處之：「天葬讓禿鷲和烏鴉吃我，跟土葬讓螻蟻吃我又有什麼差別呢？你們想從鳥嘴裡奪食去餵蟲，豈不多事！」莊周對弟子講的這番話有點像臨死前的遺囑，稱得上是論薄葬的精彩華章，而我從中感受到了老年人的曠達。

盧梭的暮年是在沒有兄弟、沒有鄰居、沒有朋友的社交圈外渡過的，他曾坦白：「我這個最願與人交往、最有愛心的人竟受人們的一致排擠。」於是，盧梭投入大自然母親的懷抱裡尋求庇護；於是他漫步於巴黎近郊，以採集植物標本為樂；於是像一隻衰老的、悲鳴著的夜鶯，盧梭以日記形式為自己寫下最後的傑作《孤獨散步者的遐思》。它的傑出不在於它似乎表達了一種盧梭未曾經歷過的莊嚴寧靜的超脫，而在於它是一個離不開他的同類以及他們的愛，

一個不能與寫作訣別的孤獨者的失敗的證明，這失敗又是那樣合乎人情，而我從中感受到了老年人的和藹。

　　馮友蘭被輪椅推進了醫院，哲學界人士與親友們都極為關心。雖然學術成就和他從事的教育事業使他中年便享有盛名，晚年又見證了時代的變化，生活上有女兒侍奉，諸事不用操心，能在哲學的清純世界內自得其樂，但病魔卻不肯饒人。他說：「我現在是事情沒有做完，所以還要治病。等書寫完了，再生病就不必治了。」他指的是《中國哲學史新編》，八十歲才開始寫，許多人擔心他不能完工，他居然在住院的間隙中寫完了它。他的女兒宗璞回憶道：「其實老人那時不只有文藝雜感，又還有新的思想，他的生命是和思想和哲學連在一起的。」而我從中感受到了老年人的堅韌。

　　坐在夕陽的返照回光之中，我想到的還有《周易》的一句爻辭「枯楊生華」，這不正是那三位老人和所有鍥而不捨、老有所為的前輩們的寫照嗎？枯萎的楊樹開了花，恐怕還不僅僅是曠達、和藹、堅韌的結果吧。我想，信念，唯有信念才是最大的動力。

風花雪月

題辭

我們從生活到死，總是在悲歡離合之中旋得旋失：自少而得
壯，從壯而失少；自壯而得老，從老而失壯。在這得失之中，風、
花、雪、月、柴、米、油、鹽、醬、醋、茶總是在春夏秋冬之中轉
移著我們的視線，使得我們能夠從患得患失的心境中超拔出來，獲
取一種暫時的快樂。

（甲）風

每人都認識風，但要給它定義並非一件容易的事。戰國文人莊
周與宋玉認為風是一種「生於地」的「氣」，希臘詩人 Hesiod 稱風
為「早晨的孩子」，英國地理學者 W・G・Moore 則解釋風「是以
任何速度向任何方向移動的氣流」，而《梨俱吠陀》卻呼風為「他」：
「只聽得他的聲音，卻不見形。」

開窗睡覺，便可以在晚風中夢囈、在晨風中醒寤。出門後，頭髮的凌亂、衣袂的飛揚是風向我們寒暄。融入人流，匆匆的行色與你擦肩而過，又有各種香風或淡或熱地吹拂我。商場內、寫字樓裡，我們很難逃避空調風的包圍……只要不是在真空中，人一輩子都生活在風裡，如果說人是風的孩子，再也恰切不過了。

（乙）花

「佛羅倫斯」在義大利文中有「花」的意思，使我想起古中國全盛時期的版圖，據說它像一朵綻放的牡丹，而不是現在的「雄雞」。現實生活中，我不喜歡牡丹，大概是見得很少的緣故吧。

穿梭於市井街坊，最實惠而常見的莫過於茉莉、黃桷蘭、梔子花，它們儘管深入俗世，仍然能給我留下淡雅的印象。還有就是木犀，李清照曾填詞埋怨《離騷》沒有寫它，它也極富淡雅之致，每當我聞到它的香氣，就知道絢爛的秋天來了。

家裡有花園的時候，早起我就能吮吸帶露的美人蕉，它心裡的甜汁比一串紅裡的又多又醇。跟小伙伴們一起玩耍，我們愛用桃紅色的鳳仙花朵染紅指甲，將花管戴在指頭上，像慈禧太后的指飾那樣；抽去胭脂花的花絲，把花管含在唇間當喇叭吹弄出清脆或嗚啞之聲。胭脂花的種子又黑又圓，極像葡萄架下透翅蛾幼蟲排泄的糞便，我們當時想不到這樣的比喻，只津津有味地剝出它的胚乳，將其曬乾後盛入一些廢棄的護手霜盒子。如果再加點香料碾成乾粉，那就是純天然的化妝品了，當然我們那時還沒有這樣的常識和條件。

（丙）雪

　　晚唐詩人司空圖以「旋開旋落旋成空」形容植物之花，倒不如用來移評六出之花。在浮躁的城市中看到雪，是一件奢侈又令人激動的事情；倘若流浪在外錯過了這幾年一遇的奇觀，你會「其後也悔」。但我並不遺憾，因為童年我見過更大更持久的雪景。平時棲息燕子的電線成了雪糕，操場成了鹽場，人們踏出一條小徑如壕溝，只有溪面冷靜如初。

　　在莫爾的《地理學辭典》中有一段對「snow」的說明：「一種纖細的、羽毛狀結構的、冰晶形態的降水（Precipitation），是大氣中的水汽在冰點以下溫度時形成的。雪可以單個晶體降落，或者以大量晶體合併成的大薄片飄下。雪常常在下降過程中就融化，在到達地面時已變成雨。因此地勢低的地方可能下雨，同時可以看到鄰近溫度較低的山頂上，落的卻是雪。」原來，李白的詩句「雪花大如席」大概就是指雪「以大量晶體合併成的大薄片飄下」來的情形吧，我卻從無機緣領略。

（丁）月

　　宋朝詩人楊萬里說：「詩人愛月愛中秋」，我卻愛觀察月相。《莊子》開篇有一句：「朝菌不知晦朔」，當代詩人流沙河解釋道：「菌

類之一，名叫朝菌，亦即土菌，生於陰濕，死於曝曬，存活期短，不到一個太陰月的四分之一。一月分四相，晦朔弦望，各占七日。朝菌，晦日生的朔日前死，朔日生的弦日前死，弦日生的望日前死，望日生的晦日前死。總之，任一朝菌存活不過七天。朝菌觀察月亮，能夠獲得多少知識？說來可憐，知月晦的不知還有月朔，知月朔的不知還有月弦，知月弦的不知還有月望，知月望的不知還有月晦。」

　　西方無「晦」，只有「朔」（New Moon）和「望」（Full Moon）。準確地說，月相應該如鄒豹君教授所講：「當日、月、地三天體排列為一條直線時，在地球上不能望見月，這時候叫做晦。不久，很窄的月牙之光在月球背部邊緣出現，叫做朔。過了 14 天之後，月地日三天體又排成一線，可以望見月球受光面的全部，這時候是滿月，叫做望。再過 14 天多些，在地球上又望不見月亮，叫做晦。不久又出現朔、望。由朔到晦就是陰曆所規定的一個月。」

　　據外國迷信說，在地球上遺失的一切東西都被轉運到月亮上去了，那麼我常常碰不上的中秋月，它又被轉運到哪裡去了呢？

當我年老時

　　當我年老時，一種熟悉的氣味或音調興許會勾起我的回憶，回憶起抹著這種氣味的曾經的戀人，回憶起放著這種音調的特殊的場景，然而我決不會沉溺其中，更不會寫什麼回憶錄來渲染它、凝固它，因為記憶是最不可靠的，記錄歷史一不小心就改造了歷史。而一味地回憶過去，只會重溫並加深我們的後悔。如果身邊有合式的聽眾，我寧願娓娓道出一些美好的或者有益無害的記憶，讓他們汲取，讓他們想像，讓他們感動，讓他們神往。然而我決不會為此而去修飾、扭曲甚至虛構其中的細節，我不想干預自己的歷史，我尊重歷史。

　　當我年老時，如果我偶爾翻到了一篇少作，我不會歧視它，更不會改寫它、毀滅它。它是我成長歷程中的一個腳印，已然定格在了時空與文字的一個交點之上，沖刷不掉了，掩蓋不了了。我們不必硬把春天的綠葉塗改成秋日的紅楓，年少時的作品自有一種稚拙美，即使不是青春的剖面切片，也多少折射了青春的吉光片羽。

　　當我年老時，當我失去了追憶往事、重溫舊作的慾望或能力，我也決不會做那些無聊的事。在我看來，坐在牌桌邊消磨時光是無聊的，越俎代庖去為孫輩說媒相親是無聊的，盲目從眾地練這個功打那個拳是無聊的……我會選擇一套適合自己的生活方式來安度

晚年，我會根據自己的身體狀況來有效地活動筋骨；倘若兒孫確實需要我的幫忙或建議，我既不會吝惜我的心力，也不會操控他們的主意。主意要自己拿，生活要自己過，命運要自己掌舵。

　　當我年老時，我將拒絕炮製任何文字遊戲和應酬文章，也不用我筆寫我口，我只用我筆寫我心。心有所感觸，並有強烈的傾吐欲，這才形諸文字，也不求發表，也不為稿費。如果想寫又寫不出，我不會硬寫，擱起筆，拿起書，去開啟另一個更廣闊的世界。這個世界中有我，我不會大喜；這個世界中無我，我不會大悲。充實地活在書外的世界中，實現或接近了自己早年的理想，這才值得開懷一笑，才好坦然去面對「老」的鄰居──「死」。

紅白喜事

清人楊靜亭《都門雜詠‧時尚門‧知單》云：「居家不易是長安，儉約持躬稍自寬；最怕人情紅白事，知單一到便為難。」為何為難呢？大概是沒有閒錢去給辦紅白事的熟人送禮吧。而且即使要送，送多送少也頗費躊躇。

毛澤東在 1958 年 5 月黨的八大二次會議上也提到了紅白事。他說：中國人把結婚叫紅喜事，死人叫白喜事，合起來叫紅白喜事，我看很有道理。中國人民是懂得辯證法的。結婚可以生小孩，母體分裂出孩子來，是個突變，是個喜事。至於死，老百姓也叫喜事。一方面開追悼會，哭鼻子，要送葬，人之常情；另一方面是喜事，也確實是喜事。你們設想，如果孔夫子還在，也在懷仁堂開會，他二千多歲了，就很不妙。1964 年 8 月 18 日在《關於哲學問題的講話》中，毛澤東又說：「人為什麼要死？貴族也死，這是自然規律。森林壽命比人長，也不過幾千年。沒有死，那還得了。如果今天還能看到孔夫子，地球上的人就裝不下去了，我贊成莊子的辦法。莊子老婆死了，鼓盆而歌。死了人應當開慶祝會，慶祝辯證法的勝利，慶祝舊事物的滅亡。」開玩笑的毛澤東或許沒有料到：現實社會中的確有為死人開歡送會的情形。

　　1980 年，陳原曾在《語言與色彩》一文中納悶道：「俗語所謂『紅白喜事』指的是婚喪之禮——婚喪這兩個對立物竟合稱為『喜事』，也不知是看破了紅塵（或如佛法所謂，人死了即解脫一切），還是帶著我們民族少有的幽默感。」我想，如果他有幸目睹今日成都平原一帶的婚喪民俗，就不會這樣問了。

　　在平原上生活了幾代的人們親切地叫成都平原為「川西壩子」，每當壩子上擺起了若干桌「九斗碗」宴席，那多半是某家在結婚或者死了人。無論是婚禮還是喪事，宴席上的食客們都會大吃大喝大聲說笑，彷彿集體無意識地都默認惟有這樣才能為主人家長臉、才能對得起自己趕的禮（主要是禮金）。白喜事一般要持續三天，最後一晚主人家會一邊大放煙花，一邊邀請某個民間歌舞團來搭台唱戲。這台戲完全就是央視春晚的山寨版，只在開場前多了一出主持人代主人家哭喪的儀式，照樣有歌、有舞、有小品、有魔術，個別時候還有腳背碎磚、揮刀自砍之類的氣功表演，末尾甚至也要來一曲《難忘今宵》，但是把「共祝願祖國好」的歌詞改成了「共祝願大家好」。

　　從戰國莊子鼓盆而歌以至於成都平原當代的白喜事無不證明我們民族的「人死觀」是多麼的樂觀積極，那種「帝乃殂落，百姓如喪考妣」的悲痛要麼是個人崇拜的流毒要麼就是做戲給外人看，地球沒了誰都會照轉不誤，還不如濟濟一堂歡慶一下——即便不慶祝辯證法的勝利，至少可以共祝願活著的大家好嘛。

無愛情論

　　《世說新語・惑溺》記三國魏人「荀奉倩與婦（驃騎將軍曹洪之女，有美色——趕秋按）至篤，冬月婦病熱，乃出中庭自取冷，還以身熨（冷敷——趕秋按）之。婦亡，奉倩後少時亦卒（享年二十九歲——趕秋按），以是獲譏於世。奉倩曰：『婦人德不足稱，當以色為主。』裴令聞之，曰：『此乃興到之事，非盛德言，冀後人未昧此語。』」如果單看荀粲的舉動，我們會認為這就是無私而偉大的愛情了，而一聽他說婦人當以色（名詞）為主（此乃肺腑之言，並非興到之語），才知道如此至篤的夫婦也並不是因愛情而結合的。

　　所謂「食、色（動詞——趕秋按），性也」，男女結合是一種動物本性的表徵，結合之前的互相吸引與愛慕（科學家已把其原因分析到激素、體味等微觀層面上了，茲不贅）亦然。只不過男性比女性更「好色」一點，因為男性大腦負責控制性意識的區域面積幾乎是女性的兩倍，男性平均每 52 秒就會聯想到涉性之事，女性大概一天只會想到一次左右。

　　從前我講過「皮膚饑餓」（skin hunger）這個概念，它直接導致了男女雙方的擁抱與撫摸。不啻如此，皮膚饑餓還會深化為性饑渴，接著就易產生狹義的性行為。這是包括人在內的內源熱動物的

共性，為了拔高自己，人類遂美其名曰愛情，不夠至篤的或病態的則被稱為有性無愛、有愛無性等等。

除了拔高而異化自己，我們（尤其是文人）還喜歡將自然（包括內源熱動物）同化為人類形式，比如拿鴛鴦成雙不分當作愛情至死不渝的象徵。實則鴛鴦只在繁殖期間雌雄配對、形影不離。一旦交配完畢，雄鳥就離雌鳥而去，以後的孵卵育雛全由雌鳥來承擔。研究人員曾做過實驗，將成對鴛鴦捉走一隻，另一隻也會另覓新歡。與此相反，嫦娥奔月的神話又何嘗不是雌棄雄的抽象呢？

總之，愛情連神話都不是，愛情是性慾的糖衣、皇帝的新裝，看不到，摸不著，從來就沒有存在過，今後也不會誕生！

豐乳肥臀

　　夏天我常坐在涼快的硬木椅上看書，久而久之屁股就會痛。等到「紅藕香殘玉簟秋」之後，我便在椅與尻之間墊上軟墊──有些是母親親手為我縫製的。「尻」普通話念 kao，屁股的意思。我早就懷疑四川話「gou 子」字即尻，因此字的聲旁「九」古音就讀 gou，今之粵語猶然。而今之吳語仍在用尻字，只是詞性轉為動詞，比如吳人往往把擦洗屁股說成「尻屁股」。

　　在眾多表示屁股的字眼中，數「臀」比較文雅一些。正經《周易‧夬》之九四就有一句「臀無膚，其行次且」，次且後人寫作趑趄。查《人體解剖學》，臀部「皮膚很厚，淺筋膜中有許多纖維束將皮膚連於深筋膜，形成小隔，內容大量脂肪組織」，一如豬之「坐臀兒」（讀若 zuo der）。以前大人體罰小孩，有用篾片抽打屁股者，幽默的人稱之為「筍子炒坐臀兒」或「筍子炒肉」，故意模糊了竹篾與竹筍、人之臀膚和豬之坐臀兒肉的界線。美國俄亥俄州立大學經濟學教授布魯斯‧溫伯格研究發現：收入在 6000 美元以下的家庭，孩子大約每隔 6 個星期屁股就要挨揍一次；收入上升至 17000 美元時，半年才挨一次打；收入在 17000 美元以上時，打屁股次數就減得更少了。因為在對兒童實施懲罰的手段上，富人比窮人有更多的「理性選擇」。

　　男人皆有強弱不等的「戀乳症」（Mastoconcupiscence），而女人則普遍熱愛男人的屁股。這是毋庸諱言的事實和性學常識，大驚小怪的人要麼無知、要麼有病（生理或心理，或兼有之）。相反，男人可能會特別憎恨另一個男人的屁股，如《晉書‧杜錫傳》「性亮直忠烈，屢諫湣懷太子，言辭懇切。太子患之，後置針著錫常所坐處氈中，刺之流血」，流血的不僅是諍臣的臀，還有他的心！

　　不光人和豬有屁股，香煙也有。煙蒂，俗稱「煙鍋巴」、「煙屁股」。諺曰「一個煙屁股，當只肥雞母」，這種好的煙屁股法文叫做 boni，它直接來源於拉丁文 aliquid boni（好東西）。

　　據報導，英國已有非常成功的「割臀造乳」手術，其挪用的臀部組織並不包含肌肉，所以對患者走路不會產生任何影響。所謂乳（breast；mamma）即指漢字「母」中那兩點，雅稱胸、乳房等，俗稱奶子、奶奶等。豬、羊、狗、鼠等哺乳動物可有幾對甚至十幾對乳房，其數目與每胎的胎兒數有一定關係。而人體只有一對乳房，超過這個數字的在醫學上稱作「多乳畸形」，多餘的乳房則叫副乳。多乳畸形是一種先天性畸形，可能具有遺傳性，所以中國古籍說什麼「文王四乳」是「至仁」、「含良」的表徵顯然有拍馬屁的嫌疑。

　　古希臘名妓弗里妮被控犯有不敬神之罪，審判時，律師解開她的內衣，法官們看見她有著美麗的胸脯，便宣告她無罪。多麼愛美的法官啊，簡直令今人不可思議！希羅多德在《歷史》內則記載了古埃及的白事：「任何時候當家中死了一個有名的人物的時候，則家中所有的婦女便用泥土塗抹她們的面部或頭部。隨後，她們便和親族中的一切婦女離開家中的屍體，到城中的各處巡行哀悼。她們

的外衣束上帶子，但胸部則要裸露出來。」如果說這種坦胸露乳的喪儀多少還與生殖崇拜沾邊的話，那麼古羅馬上層社會流行的乳房的化妝術就已經上升到了審美的程度：施白粉於乳房，塗紅脂於乳頭，使其豔美招人；更有甚者，在乳頭塗紅時摻入蜜糖，以利於戀人和丈夫的親吻。古希伯來《雅歌》裡對乳房的讚美最是大膽直接：「Thy two breasts are like two young roes that are twins, which feed among the lilies」；「This thy stature is like to a palm tree, and thy breasts to clusters of grapes」。

　　而我們偉大的古中國呢？「下頭纏小腳，上頭纏奶子」，深怕洩露了春光、敗壞了名節。彷彿只有浩瀚的醫書和情色文學敢於正視，例如馬王堆漢簡《合陰陽》稱乳頭為「醴津」，醴就是美酒，剛好暗合《吳醫彙講》「人乳為蟠桃酒」之說。同書還用「乳堅鼻汗」諸詞準確描寫了女人的性快感，即《玄女經》等房中秘笈所謂「五征」之類。又如宋《青瑣高議》前集卷六《驪山記》：

> 一日貴妃浴出，對鏡勻面，裙腰褪，微露一乳，帝以指捫弄曰：「吾有句，汝可對也。」乃指妃乳言曰：「軟溫新剝雞頭肉。」
> 妃未果對。
> 祿山從旁曰：「臣有對。」
> 帝曰：「可舉之。」
> 祿山曰：「潤滑初來塞上酥。」（或作「滑膩初凝塞上酥」）
> 妃子笑曰：「信是胡奴只識酥。」
> 帝亦大笑。

　　故事雖然很性感，雞頭肉（芡實）、塞上酥之喻卻比《漢雜事秘辛》「胸乳菽發」、韓偓《席上有贈》「粉著蘭胸雪壓梅」、《雲謠集》「胸上雪，從君咬」、《西遊記》第七二回「酥胸白似銀」、朱彝尊《沁園春·乳》「隱約蘭胸，菽發初勻，脂凝暗香」之類蘊藉。

神話

之一

有學者認為巴人出自氐羌，又與今苗、瑤、土家等族的先民有關，年湮代遠，這些觀點很難證實而統一起來。但根據現存資料可以肯定的是，巴人的第一代領導班子之首名叫廩君。

他一上任，就率眾人乘船由（湖北）清水順流而下來到（重慶）巫山地區（準備在此建城定居下來），即《世本‧氏姓》所謂「從夷水至鹽陽」。《水經注》云「夷水有鹽水之名」，鹽陽也就是夷水之陽（山南水北為「陽」），指夷水以北的區域。這裡有位神女當道，她對廩君說：「此地廣大，魚、鹽所出，願留共居。」然而「廩君不許」，她的一廂情願碰了一鼻子灰。但並不死心，便「化為飛蟲，與諸蟲群飛」天天去騷擾廩君。弄得廩君「不知東西所向七日七夜」，最終心生一毒計，將一條青縷託人交給神女，謊稱：「纓此相宜，即與汝俱生」（參看《錄異記》卷二。《晉書‧李特李流載記》將「願留共居」表達為「與君俱生」）。被單思衝昏頭腦的神女果然中計，佩戴了青縷，因而被廩君射殺。

這個神話曲折地反映了魚鹽時代父權制部落與母權制部落之間的爭地戰。《後漢書・南蠻西南夷列傳》將青縷情節簡化為「廩君伺其便，因射殺之」，雖減少了其「文學」性，但仍保留了其實質──「殺」，也就是鬥爭，而非「愛情」。

如果非要舉外國例子來比較的話，希臘神話中勉強可以找到一個。美少女 Muia 單戀著月神的情人 Endymion，當他睡著的時候，她總在他耳邊講話或唱歌，弄得他不能安息，結果月神發怒，把她變成了蒼蠅。單戀或自作多情顯然並非愛情，愛情以及所有人之情都應該是互動的。

之二

鄧拓《燕山夜話》曾把東晉王嘉《拾遺記》「貫月槎」云云視作「宇宙航行的最古傳說」，理由是：「他的著作出現最早，而且因為他所記載的竟然是堯的傳說。」

我不這樣看。《拾遺記》是早不過西漢《淮南子》的，其《覽冥》篇曰「羿請不死之藥於西王母，姮娥竊以奔月」，東漢高誘注曰「姮娥，羿妻。羿請不死之藥於西王母，未及服之，姮娥盜食之，得仙，奔入月中，為月精」，若要算最古傳說，這些才是！

在東漢科學家張衡眼裡，嫦娥奔月或許是一次真實可考的歷史事件，他在自己的天文學著作《靈憲》內寫道：「嫦娥，羿妻也，竊西王母之藥服之，奔月將往，枚筮於有黃，有黃占之，曰：『吉。翩翩歸妹，獨將西行，逢天晦茫，毋驚毋恐，後且大昌。』」嫦娥遂

161

托身於月」。有黃頗像航天器飛行測控人員，他首先確定了宇航員（嫦娥）進入地月轉移軌道的飛行方向（西），再預告了地月之間太空的天氣狀況（晦茫）以及宇航員應對困難該具備的心理素質（毋驚毋恐）。在此，不死之藥成了燃料、食物甚至是航天器之類的濃縮品。

比張衡先死的王充在其哲學著作《論衡》中還敘述了這樣一件軼聞：「曼都好道學仙，委家亡去，三年而返。家問其狀，曼都曰：『去時不能自知，忽若臥形，有仙人數人將我上天，離月數里而止。見月上下幽冥，幽冥不知東西。居月之旁，其寒悽愴。口饑欲食，仙人輒飲我以流霞一杯。每飲一杯，數月不饑。不知去幾何年月，不知以何為過，忽然若臥，復下至此。』河東號之曰『斥仙』。」曼都並沒有登月，只在月球軌道上居留了三年（地球時間），數位仙人則代替了載人飛船與空間站，而流霞似乎是唯一的、高級的太空食品。曼都終以學仙有過被斥下凡塵，和後來同為學仙有過的吳剛被罰往月面伐木剛好相反。

之三

我在前兩篇中都提到了「羿」，然而請不死之藥於西王母的羿跟逢蒙所殺之羿是不是同一個人呢？

不是！

在先秦，求不死藥的並不是羿，而是嫦娥，而且羿和嫦娥是不相干的兩個神：有「殷易」之稱的《歸藏》云「昔者羿善射，彈十

日」，又云「昔嫦娥以西王母不死之藥服之，遂奔為月精」，兩者絕無夫妻關係。屈原《天問》也只質疑「羿焉彈日」，而無奔月之問（《呂氏春秋・勿躬》「尚儀作占月」，畢沅以為「尚儀即常儀，古讀儀為何，後世遂有嫦娥之鄙言」）。直到漢代，兩者才產生了一請一竊的糾葛。

然而屈原已把神話之羿與歷史之羿混為一談了。《左傳・襄公四年》「昔有夏之方衰也，後羿自鉏遷於窮石，因夏民以代夏政，恃其射也，不修民事，而淫於原獸」、《離騷》「羿淫游以佚田兮／又好射乎封狐」以及《孟子》之羿皆為歷史之羿，時代在夏末。而射日之羿則遠在唐（堯）時，（《錦繡萬花谷》前集卷五引）《山海經》曰「堯時十日並出，堯使羿射九日」，這顯然是神話，後來《淮南子》又將請藥之事附會給他。

總之，歷史中的羿與神話中的羿除善射一點外，別無共通之處。但也正因為善射，兩者才被攪在了一起，遂有了嫦娥是羿之多妻之一、奔月是為了追求自由解放之類的想當然之辭（李商隱《嫦娥》詩、魯迅《奔月》小說等等是文學作品，另當別論）。

之四

上面提到「尚儀」演變為「嫦娥」，看似十九世紀歐洲學者以「言語之病」解釋神話之流亞，實為歷史的神話化。

反之，神話的歷史化則更為常見。例如絕地天通的神話，在《山海經・大荒西經》裡是「顓頊生老童，老童生重及黎。帝令重獻上

天，令黎卬下地」，在《尚書·呂刑》裡簡化為「皇帝……乃命重、黎絕地天通」，到了《國語·楚語》裡就變成了「顓頊受之，乃命南正重司天以屬神，命火正黎司地以屬民」，祖孫神話最終演變成了君臣歷史。

佛洛伊德《精神分析引論》說「人類的本性喜歡把不合意的事實（上古歷史常被後人目為不合意的事實或神話——趕秋按）看作虛妄，然後毫無困難地找些理由來反對它」，我想神話的歷史化或許就導源於此。而歷史的神話化則與做夢同構，除了有意與無意之別，歸根結蒂都是為了滿足現實中不能滿足的慾望。

之五

《山海經·大荒南經》曰「大荒之中……有宋山者，有赤蛇，名曰育蛇。有木生山上，名曰楓木。楓木，蚩尤所棄其桎梏，是為楓木」，究竟是誰給蚩尤戴上桎梏的呢？以理推之，應是殺蚩尤的兇手。前此的《大荒東經》載「大荒東北隅中有山名曰凶犁土丘，應龍處南極，殺蚩尤與夸父」，後此的《大荒北經》載「大荒之中……有繫昆之山者，有共工之台，射者不敢北射。有人衣青衣，名曰黃帝女魃。蚩尤作兵伐黃帝，黃帝乃令應龍攻之冀州之野；應龍畜水，蚩尤請風伯雨師縱大風雨（互打水仗——趕秋按）。黃帝乃下天女曰魃，雨止，遂殺蚩尤」，看來黃帝才是指使者。因此，《宋稗類鈔》卷五《博識》十三引《唐韻》楓字注云「黃帝殺蚩尤，棄其桎梏，變為楓」。

　　楓葉經霜變紅，桎梏被血染紅，這一共同點興許就是該神話的起因吧，《夢溪筆談》記「解州鹽澤鹵色正赤，俚俗謂之蚩尤血」（參看《孤本元明雜劇》之《關雲長大破蚩尤》）亦然，也隱約體現出民間對於蚩尤這個失敗英雄所抱有的同情態度。

音樂欣賞三境界

　　王國維詞話：「古今之成大事業、大學問者罔不經過三種之境界：『昨夜西風凋碧樹／獨上高樓／望盡天涯路』，此第一境界也；『衣帶漸寬終不悔／為伊消得人憔悴』，此第二境界也；『眾裡尋他千百度／回頭驀見／那人正在燈火闌珊處』，此第三境界也。」比起尼采和克爾凱郭爾的「人生道路三階段」（前者稱作：合群境界、沙漠境界、創造境界；後者稱作：美學境界、倫理境界、宗教境界）來，王氏的論述無疑充滿了中國智慧：「道可道，非常道；名可名，非常名」、「道不可言，言而非也」、「書不盡言，言不盡意」、「道可受兮而不可傳」、「不立文字，見性成佛」、「開口即失，閉口又喪」、「道固未可以言語顯而名跡求」……用余杰的話說，即是：「它包蘊了一種純粹的生命體驗，使人突破自身生活的惰性；它設定了生命氣息充盈的座標，引導人臻達一種永恆的自由之境」，「是典型的中國式的，是詩意的凝聚，是精神的貫注」。

　　在每個猶太人家裡，當小孩稍微懂事時，母親就會翻開《聖經》，滴一點蜂蜜在上面，然後叫小孩去吻《聖經》上的蜂蜜，這儀式的用意不言而喻；書是甜的。相反也折射出，讀書有時並非美差，難怪蘇東坡要永歎：「人生識字憂患始」！而人生這本大書更似苦海無邊，所以在達爾文眼內：「世界上如果沒有音樂，那麼世

界也就不存在了」，遑論人生。其實，這種偏愛導出的偏見很多大名人都有。比如，列夫‧托爾斯泰曾坦白「我喜愛音樂勝過其他一切藝術」，巴爾扎克曾認為「音樂是一切藝術中最偉大的藝術」，叔本華曾斷言「一切藝術都趨向音樂」，李斯特曾指出「音樂是萬能的語言」……然則，我們又該怎樣去解讀音樂這種「詩的心理學」呢？

　　跟人生境界可歸納為三階段相仿，音樂欣賞一般也有三個層次，即《樂記》所謂「知聲」、「知音」、「知樂」，現代《文藝理論基礎》等書則稱之為「知覺欣賞」（或官能欣賞、直感欣賞、美感階段，等等）、「情感欣賞」（或情感體驗、感情欣賞、表達階段，等等）、「專業欣賞」（或理智欣賞、純音樂階段，等等）。開始接觸音樂時，一般人多會熱衷於流行歌曲、輕音樂、旋律性較強的小品等，這無可厚非。關鍵在於多聽，不需要任何方式的思考，也不管自己懂不懂所聽的音樂，聽多了，自然會有直接的感受。比如：欣賞巴赫的《G 大調小步舞曲》，整體上給我們的感受是旋律舒緩、音色輕盈，而欣賞聶耳的《金蛇狂舞》則是歡快奔放、昂揚向上的感受。這些感受並不一定要用言語表達出來，往往是將自己帶到一種無意識然而又是有魅力的心境。因此，也可以說第一境界是培養興趣的入門階段。等到有了一定音樂知識、基本修養，就可以進入第二層次，通過音樂的旋律、節奏、和聲、音色等基本表現手法，往往可能在音樂作品的意境、形象、情感等方面受到感染並引起想像、聯想。這些感染、想像與聯想又常同自己的生活經歷、直接和間接的知識以及聽音樂時的精神狀況有密切的關係。至於這種想像、聯想是否完全符合作曲家創作時的意圖，在這一階段不必過於

苛求,「音樂中暗示出來的情緒總是模糊不清的,並且可以有許多不同的解釋」(湯瑪斯・門羅《走向科學的美學》),聽眾不僅可以而且也該自由地想像,然而所表達的到底是喜還是悲、是諧還是莊等基本情緒即在穩定統一的音樂藝術意向中所包含的作曲家的情感,以及不同作曲家的藝術風格,聽眾與傳播者(作曲家)應該是一致的。如貝多芬音樂的英雄性、蕭邦的詩意,等等。而只有真正精通音樂樂理技巧的人才可能達到第三境界,才能說真正懂得了音樂。所以,馬克思在《1844 年經濟學哲學手稿》中寫道:「如果你想得到藝術的享受,你就必須是一個有藝術修養的人。」在第三階段聽音樂時,需要在情感體驗的基礎上通過作品的曲式結構理解作曲家的整體構思、總的創作意念,對作者和作品的時代背景有個大致的掌握,領會深藏在樂曲中的細微感情,從而得到啟示,並用這種啟示去培養我們的生活情趣和精神情操。在聽非標題音樂時,可在作品原有的感情框架內融入自己所具備的樂理知識進一步去感知;在聽標題音樂時,還須根據該音樂標題所提示的內容、情節去深一層想像。比如:對柴可夫斯基的《第六(悲愴)交響曲》第一樂章,我們在分析它的曲式結構後,再欣賞這一樂章時,會領悟到作曲家充滿矛盾、陰鬱和悲觀的情緒,以及他內心惶恐不安和渴求幸福的情感,是怎樣有步驟地、協調地、淋漓盡致地表達出來的,從而被深深地打動,去思索樂曲的底蘊。

綜上所「亂彈琴」,再根據我個人的寡聞淺見,以為如果套用柏拉圖靈魂論的概念將音樂欣賞三階段改為慾望欣賞、意志欣賞、理智欣賞,或套用康德認識論的概念改為感情欣賞、悟性欣賞、理性欣賞,該範疇彷彿會更加明確。

海岩劇：主旋律與愛情童話的浪漫交響

本文所謂「海岩劇」特指根據當代作家海岩的如下長篇小說——

　　1985 年《便衣警察》

　　1994 年《一場風花雪月的事》

　　1998 年《永不瞑目》

　　1999 年《你的生命如此多情》

　　2000 年《玉觀音》、《拿什麼拯救你，我的愛人》

　　2001 年《平淡生活》

　　2003 年《深牢大獄》

　　2004 年《河流如血》

　　2007 年《五星大飯店》、《舞者》

改編的如下電視連續劇——

　　林汝為導演《便衣警察》

　　趙寶剛導演《一場風花雪月的事》、《永不瞑目》

　　尹力導演《你的生命如此多情》

　　丁黑導演《玉觀音》

　　趙寶剛導演《拿什麼拯救你，我的愛人》

丁黑導演《平淡生活》

汪俊導演《陽光像花一樣綻放》、《金耳環》

劉心剛導演《五星大飯店》、《舞者》

　　並不包括重拍片，如《新便衣警察》、電影《玉觀音》等等。

　　和萬事萬物發生發展的過程一樣，「案情加愛情」的海岩劇模式也經歷了起、承、轉、合的各個階段。1982 年，海岩開始創作自己的首部公安題材的長篇小說《便衣警察》；1985 年由人民文學出版社出版，1987 年被改編為 12 集電視連續劇。於是《便衣警察》成了海岩第一部被搬上螢幕的作品，該劇背景從文革末葉一直跨越到改革開放初期，男主角漂亮迷人的形象、大醇小疵的性格及其蒙冤受曲、以德報怨、忠於職守、為朋友兩肋插刀的種種德行完全可以視為 1990 年代和二十一世紀海岩劇所有主角（包括呂月月、安心這兩位女主角）的藍本。十年之後，海岩的第二部長篇小說《一場風花雪月的事》「由著名的煽情大師趙寶剛搬上螢幕，把一位正在電影學院上學的新人徐靜蕾捧為當時全國的頭號青春偶像」。從這部戲發軔，臥底（或稱特情、內線）與犯罪嫌疑人產生感情糾葛、立功而失愛、公私法情之衝突等等敏感的話題與情節開始粉墨登場，以至一度成了海岩慣用的橋段。至此，在刑偵背景下走言情路線的海岩劇模式算是初步奠定了。是為海岩劇之「起」。然後有《永不瞑目》、《玉觀音》錦上添花，除了多了緝毒題材之外，三角戀情、缺陷結局一仍其舊。在十一部海岩劇中，《你的生命如此多情》的犯罪情節最為平實自然，而且是以少有的終成眷屬收尾。《拿什麼拯救你，我的愛人》宣揚律師有情

有義，《平淡生活》第三次以有陽剛氣的女性為主角，《陽光像花一樣綻放》特寫監獄生活。是為海岩劇之「承」。直到《金耳環》，海岩劇風格發生了本質性的變化，竟然以親情為主、以友情為輔，愛情、案情、特情之類反倒淡化成了陪襯，其打黑背景則遙遙呼應《一場風花雪月的事》，其信物線索則遙遙呼應《玉觀音》。是為海岩劇之第一「轉」；第二「轉」是由《五星大飯店》完成的，這部戲開始有韓國明星加盟，其電影式的鏡頭運用、優美歌曲的多次插播為劇情加分不少，「它可以稱為一個愛情戲，可以稱為一個青春偶像劇，也可以稱為一個行業劇，也可以稱為一個劇情劇」，也可以說什麼劇「都不是」（海岩語），算是海岩劇中的異數。至於《舞者》，顯然延續了《便衣警察》、《玉觀音》、《五星大飯店》式的對理想（有時就是熱愛的工作）的執著，而且還強化了《你的生命如此多情》與《陽光像花一樣綻放》式的對愛情的堅守、《拿什麼拯救你，我的愛人》與《平淡生活》式的奉獻精神，也有著《一場風花雪月的事》、《永不瞑目》、《金耳環》式的悲情結局。是為海岩劇之「合」。

從《便衣警察》到《舞者》，只有「編劇海岩」雷打不動，再有就是一些幕後工作人員和配角演員能夠有緣多次合作，除此而外，每部戲的男女主角演員從未重複出現過，也因此，海岩多了一個造星大師的身份。也因此，媒體和大眾多了一些關於「岩男郎」、「岩女郎」的談資。劇中定型的男女主角無一例外都是出眾的美人，他們的美既為他們帶來了愛情、好運，也帶來了糾紛、惡果，但常令觀眾感到遺憾的是好些海岩劇的主角演員長得並不好看甚至還很醜，對此海岩作過這樣的解釋：「真相是我們選擇的範圍非

常有限。當時拍《永不瞑目》，我讓導演簽下陸毅，說他遲早會紅。導演一遲疑，陸毅就簽給了別人。從那以後，拍我的電視劇的演員一定要跟我們簽約。這是前提條件。可是現在長得好、演得好的演員，沒有經紀公司的太少了。就連那些藝術院校的學生們，也早早地被別人簽下了。所以，我們從長得不好、沒學過戲、沒演過戲的人裡面挑。舉個例子，有一次我手下有人說餐廳經理的審美有問題，挑選的服務員都沒法看。我去問他，他說，我要十個人，可人事部只給我派八個，我有什麼辦法！只好全要！這跟我們挑演員的情況類似。我們找來的演員，有時候坐在外面，人都以為是新來的保潔。真的，一點都不誇張。就拿徐靜蕾、孫儷來說，現在是出落得不行了！當時拍戲的時候，一點也沒覺得她們漂亮啊！」劇中定型的男女主角還無一例外都是二十出頭的年輕人，這大概正如海岩中篇小說《死於青春》題記所引李大釗「吾願吾親愛之青年，生於青春，死於青春」云云，海岩的目光「總是留戀那個激情時代，青春的純情、浪漫、率真、狂放不羈，甚至苦難」，都是他「傾心嚮往卻終不可得的」。

貫穿海岩劇始終的還有對警察和飯店業的過度好感和高度褒獎，諸如男主人公數次求職失敗走投無路之際被某星級飯店接納、認可甚至表揚的情節屢見不鮮，飯店服務業儼然成了最關懷人類的高尚完善之職業，這是海岩對自身經歷（「我的少年時期則是在文革中渡過，父母被造反者隔離，我從十歲開始輟學並獨自生活，起居自由但心靈壓抑，而且不敢上街怕被人打。直到十五歲那年走後門當了兵才翻身變成革命大熔爐中的一員。退役後當過工人、警察和機關幹部，總的還算順利，就是沒想到我這個十五歲前就經常被

送到農村接受再教育的『知識份子』，在文革後卻因為連初中文憑都沒有而險被機關清退。為這事我至今苦笑，覺得自己這輩子總是生不逢時。該長牙發育時偏逢自然災害，跟不上營養；該上學讀書時又遇文化革命，沒受到教育；該工作提拔時又刮學歷風……好在我在每個單位碰到的每個領導每個同事都很關照我，給我工作的機會。有一次還讓我到一家機關自辦的小飯店裡去幫忙，那飯店經理看我年輕又勤勉，剛好手邊又缺人，因此向機關要求讓我多留幾天，冒充值班副經理搞搞接待，結果一留留了十五年整。我當時本來就是臨時借調充充數的，沒想到後來竟假戲真做當上了全國旅遊飯店業協會的會長」）的懷念、再現和熱愛，海岩坦言：「警察是我最熱衷表現的人物。與其說是緣於我對警察生活的熟悉，不如說是我對這個職業的迷戀。在和平年代，很少能找到另一種職業比它更酷！這個職業就像一個引力強大的『場』，有一種深刻的向心力在凝聚著你，使你即使遠離了它也依舊戀戀不捨地想再貢獻點什麼。」徹頭徹尾時隱時現的還有對三角戀和暗戀的癡迷抒寫，而孽緣、姐弟戀、男貌女財云云也再見不一見，所以海岩遂有了「瓊瑤大叔」的美譽，這些或許都是海岩樂於關注和探討的社會現象、倫理問題吧。

　　我們不僅可以把《平淡生活》「這個劇定位於主旋律作品」，其他十部海岩劇無一不是主旋律作品，只不過有時候這個旋律非常強烈、有時侯則略顯貧弱而已，於是「國家利益」、「集體榮譽」、「正義感」、「責任心」等等會隨機適時地出現在人物的對話、行為之中就不足為奇了。海岩曾經自述：「我出生那天家家戶戶都掛上了紅旗，這過節般的景象我小時候每個生日都能看到。因為我和第一個

社會主義國家同日而生，我印象中的童年充滿了優越感和革命式的快意。」和海岩的成長年代相比，1990 年代和現在的各種物質慾望實在是太氾濫了，令人在精神上感到無盡的失落。而海岩抵抗這種失落的武器「就是讓筆下的人物充滿人文主義的情感，他們的錯誤，也因他們的單純，而變得美麗！於是，這些作品的風格貌似寫實，貼近生活，實際上都是些幻想和童話，讀者喜愛的人物幾乎都理想得無法存在。」例如《拿什麼拯救你，我的愛人》中韓丁對待羅晶晶和龍小羽、《舞者》中周欣對待高純和金葵，簡直到達了超凡入聖的崇高境界。在海岩看來，「文學既可以是生活實景的逼真描摩，也可以把生活瞬間地理想化，誘發人們內心深處的夢想。有許多在現實中得不到的感受，做不到的事情，卻常常令我們憧憬一生，也恰恰是那些無法身體力行的境界，才最讓人激動！」他是一個清心寡欲的人，不抽煙，不喝酒，認為「互聯網時代缺的不是資訊，缺的是真相和真理。真相和真理靠的是判斷，判斷靠的是標準，標準是要由我們的文化界和政府作出制度的安排。」諸如此類都會影響到海岩對主旋律的認同，有時海岩的語氣之中甚至充溢著敬仰、神往之情。

總之，我認為熱門二十多年的海岩劇無疑都是主旋律與愛情童話的浪漫交響。倘若理論界容許的話，我想將海岩的這種敘述風格稱之為「童話現實主義」。自始至終，海岩都在關注當下、與時俱進，惟恐自己落伍過氣，比如《便衣警察》提及「四五運動」、《一場風花雪月的事》提及香港回歸、《你的生命如此多情》提及世紀病、《玉觀音》提及流行歌曲《比我幸福》、《平淡生活》提及拳擊、《舞者》提及超女，不一而足。加之他時刻不忘崇尚英雄、宣揚真

善美，由此可以相信海岩劇將一直吸引大眾的眼球，如果他不故步自封、收官不寫的話。

第四輯

山程水驛

青城偶像

正神在其山中，其中或有地仙之人

　　　　　　　　　　　　　　　——《抱樸子》

一

　　道教無疑是全世界最開放的教派。它圍繞「道——陰陽——五行」建構起獨特的宇宙理論系統，並吸納先秦道家、星相家、醫方家、讖緯家、佛教等對於自然、社會與人的思維成果（包括化學、醫藥學等自然科學成果），將古代中國民間尤其是長江流域文化圈內盛行的各類信仰、祭祀、巫術、健身法發展為齋醮科儀、符籙、禁咒和內、外丹理論，最終於漢魏六朝時期在人類強烈的生存慾望跟享樂慾望所組成的內驅力的推動下逐漸整合而成一個龐雜有序的宗教體系。它極似一個「前所未有的『開放之海』」（此語借自尼采著、余鴻榮譯《快樂的科學》第三四三則《喜悅的含意》），更像一棵倒著生長的大樹，「道」是根，而根下面盡可以枝附葉連、五花八門。相應的神祇譜系亦如此：與「道」對照的開始是形而下的

老子，後來是莫須有的元始天尊，而元始天尊又能夠分身為好幾尊最高神，愈往下也就愈人丁興旺、名目繁多，特別是道教講男女同修、肉身羽化，凡人也可以擠進這個仙班中去，所謂「天地在乎手，造化由乎身，自凡躋聖，名列金簿，與黃帝、老子為先後」（《雲笈七籤》卷七十《內丹訣法部・還金術三篇（並序）》）。因此，唐宋以來，道教的神譜一直在不斷地擴展、變更，晚至朱明王朝還出現了一些陌生的或似新實舊的面孔，這主要是由於舊神祇的分化、民間崇拜的人物升格或道教名人的神化而造就的。（參觀葛兆光《道教與中國文化》）

然而按最初的教義，道教是不供奉神像的，這跟印度早期佛教（沒有偶像崇拜，一般用菩提樹、台座、法輪、傘蓋、足跡等象徵諸佛）恰巧不約而同。早期天師道的重要經典《老子想爾注》（此書與《峨眉山神異記》一樣舊題作者也是三天法師張陵，近代學人則多認為出自系師張魯之手。按明《正統道藏》正一部「物」字號有《正一法文經章官品》四卷，為張陵所造《千二百官儀》之一部分；《隸續》載《米巫祭酒張普題字》言祭酒張普等受《微經》十二卷，或亦張陵所作；其餘著述皆已失傳）云：

> 道至尊，微而隱，無狀貌形象也，但可以從其誡，不可見知也。

遵循這種教旨，梁、陳、齊、魏以前的道教儀式一般只在「治」或「靖」（《玄都律》：「民家曰靖，師家曰治」）中進行，從無禮敬神像的記載，所謂「唯以瓠廬盛經，本無天尊形象」（唐釋法琳《辯正論》卷六自注）、「凡男女師皆立治所，貴賤拜敬，進止依科」（《正一法文外錄儀》）。後來受佛教「以像設教」（取法於希臘神像。中

國自漢始有佛像，而形制未工）的影響，道士們深感「取活無方，欲人歸信，乃學佛家製作形象。假號天尊及左右二真人，置之道堂，以馮衣食」（王淳《三教論》），生活才有了更穩妥的保障。較早的道教造像則有北魏正光二年（521）造天尊像、蕭梁普通七年（526）造玉清神像、北周天和三年（568）造太上老君像等等，可惜都已損失不見了。現存最早、最精美的獨立造像當數隋大業年間（605—617）所造的張陵天師石像，今天仍被供奉在宏大瑰麗的青城山宮觀中。

那麼，「宮觀」的意義又是什麼呢？《正統道藏》正一部《道書援神契·宮觀》告訴我們——

> 古者王侯之居皆曰宮，城門之兩旁高樓謂之觀，殿堂分東西，階連以門廡，宗廟亦然，今天尊殿與大成殿同古之制也。

這就是說，道教供祀天尊的宮觀跟帝王的宮室、宗廟及儒家祭孔的大成殿是同源同制的。

二

在蜀道難難於上青天的古代，在交通條件落後的解放前，連峰疊岫、千里不絕的青城山自然比低處河谷的都江堰更能吸引眼球、震撼人心，誠如唐詩人錢起所詠：「蜀山西南千萬重／仙經最說青城峰」。在先輩們眼裡，青城山無疑囊括了整個川西，幾乎成了西南地區最顯要的標誌——

唐釋道世《法苑珠林》：「成都原在西海青城山中。」

南宋祝穆《方輿勝覽》：「天國山在永康縣，左連大面，右接鶴鳴，前臨獅子，後枕大隋，諸山絡繹，不一其名，要皆青城山之支峰也。」

再如：著名的老人村遠在今阿壩州汶川縣水磨鎮境內，蘇東坡《艾子》卻稱作「蜀青城山老人村」；而玉壘山坐落於靈巖山（中有喜雨坊，建於清嘉慶甲戌年，上刻「第五洞天」諸字）下，清人程鳳翔卻呼為「青城之玉壘」。倘若按照當代行政區劃來看，古人所稱青城山實際上地跨了今都江堰市、崇州市、大邑縣及汶川縣相鄰地區，真可謂是西南群山之中的「廣大教化主」。或者說，「這座山使整個地區從各個角度看起來都很迷人，而且顯得很有意味」（此語也借自《快樂的科學》）。

著名的青城山道觀則應該從山麓的長生宮（又叫長生觀、範賢觀等）講起，其舊址大致在今鶴翔山莊一帶。據悉，古代「之青城者首途涉此，靡不流連歡賞」（清黃雲鵠《修復長生宮碑記》），如陸游《長生觀觀月》、唐求（一作「球」）《長生觀》等詩篇，這不僅因為優美的環境（有巨楠高數十尋，圍三十尺，丹光赤霞時現其上）、軒昂的廟宇（有赤城閣，臨眺甚遠；有三清殿，方磚鋪地，石砌大院，廊柱環立）、稀奇的壁畫（范成大《吳船錄·青城行記》「有孫太古畫龍虎二君，在殿外兩壁上，筆勢揮掃，雲煙飛動，蓋孫筆之尤奇者。殿壁又有孫畫味江龍一堵，相傳孫欲畫龍而不知其真。有丈人過云：『君欲識真龍乎？』忽變而夭矯，孫諦視，畫得之，視稍久，一目遂眚，即此畫也。舊壁宣和間取入京師，臨行道

士慕名筆摹於新壁，今所存者摹本也」，而該摹本又毀於元軍入川之戰亂），主要還得歸功於得到長生久視之術、被蜀人奉如神靈的范長生的個人魅力。范長生，原名寂，字無為，又名延久、九重，一曰支，字元，這些名號無不烙印著鮮明的道教色彩。三國時，他棲止於青城山中，天天以修煉為事，蜀主劉備徵召他入仕，他卻置若罔聞，劉備無奈，只好封他一個「逍遙公」。後主劉禪更是對他崇拜有加，竟將他隱居過的宅院改建為碧落觀。一次，武侯諸葛亮掘地出土了一塊《蠶叢氏啟國誓蜀之碑》，上面有五個怪字，人莫能辨，唯獨范長生可以準確釋讀。看來，他不僅善天文、術數，還對古蜀文字頗有研究哩。西晉元康初，「八王之亂」加深了各族人民的痛苦，使得數以百萬計的農民流離失所。益州刺史羅尚更逼迫在益州的流民限期出境，官吏們趁機設置關卡、劫掠財物，激起了流民的集體反抗。於是，流民便擁戴賨人李特為首領，公開跟晉朝對抗，范長生則率領千餘戶人家投奔青城山而去。此時，羅尚的參軍徐輿提出要當汶山太守，並準備邀結范長生，共同形成犄角之勢來討伐李特和他的弟弟李流等人。結果羅尚不答應，徐輿就投靠了李氏，而且還勸說范長生支持起義軍。范長生得知李氏兄弟與蜀人約法三章、賑貸貧民、禮賢拔滯、整肅軍紀，便慷慨捐資，令李軍重振士氣，最後由李特之子李雄攻克成都建立了成漢政權，羅尚則棄城逃走（詳見《華陽國志‧大同志》、《晉書‧李特載記》等）。李雄很是感激岩居穴處、求道養志的范長生，甚至想推戴他當首領──

> 長生固辭曰：「推步天元，五行大會甲子，祚鍾於李，非吾節也。」永興元年冬十月，楊褒、楊珪共勸雄自立，雄乃

稱成都王。長生自西山乘素輿詣成都，雄迎之於門，執版延坐，拜丞相，尊曰「范賢」、「四時八節天地太師」，封「西山侯」，復其部曲，不預軍征，租稅一入其家。年百三十餘乃卒，大面山北之老人村傳亦其遺裔也。嘗注《易》十卷，自稱為「蜀才」云，又有《老子注》二卷。（撮述自《華陽國志》、《晉書》、《唐書》、《十六國春秋》、《方輿勝覽》）

後人認為范長生保全士民是「仁」，精通「推步」（推算曆法以預測吉凶的一種法術）是「神」，便在碧落觀的故址上築起一座長生宮，以靈官殿供奉范賢像。陪祀則是南嶽神和斗姥，道教認前者為「慶華注生真君」（《歷代神仙通鑒》卷四），主宰著世界星象分野，兼職督管鱗甲水族；稱後者作「北斗眾星之母」（《太上玄靈斗姆大聖元君本命延生心經》），掌握著人命壽夭。

三

離開對長生宮的追憶，讓我們逆清溪上行，走進丈人峰下、青城山門左側的建福宮。唐人徐太亨呼之為「丈人廟」，是明皇李隆基感夢青城丈人真君後於開元十八年（730）從天國山中、融昭寺崖前遷來的。淳熙二年（1175）又因成都制置使范成大的奏請，南宋孝宗趙眘取緯書《河圖括地象》「岷山之精，上為井絡，帝以會昌，神以建福」（參看《三國志・蜀志》八「蜀有汶阜之山，江出其腹，帝以會昌，神以建福，故能沃野千里」及裴松之注）之意賜

名「會慶建福宮」。其實，峰名以及祠廟、宮觀之名皆因「九天丈人」、「儲福定命真君」寧封子而獲得——

> 寧封子者，世傳為黃帝陶正。有人過之，為其掌火，能出五色煙，久則以教寧君。
>
> 寧君積火自燒，而隨煙氣上下，衣裳不灼。後棲青城山北岩之上，黃帝師焉，請問三一之道。寧君曰：「吾聞天皇真人被太上敕，近在峨眉，達三一之道，可師而問之也。」因以《龍蹻經》授帝，帝受之，能策雲龍以遊八極，乃築台拜寧君為「五嶽丈人」，使川嶽百神清都（青城山一名清城都——趕秋按）受事焉。（撮述自《列仙傳》、《青城甲記》、《雲笈七籤》卷三四）

　　道教的十大洞天（詳見《雲笈七籤》卷二七《洞天福地部》）都有一位主治神仙，第五大寶仙九室之洞天青城山的主治神便是寧封，所以宋彭乘《五嶽真君殿記》云「赤城（青城山一名赤城山——趕秋按）洞天則龍蹻寧先生所治也」。今建福宮係清光緒十四年（1888）重建，現有大殿三重。第一殿供奉道教護法尊神王靈官（相當於佛教護法神中的韋馱天）及財神，內側祭慈航真人（民間一度認為是觀音菩薩的前身）。第二殿乃「丈人殿」，祀寧封真君與杜光庭天師。後殿內塑三尊彩像：中為太上老君；左為東華帝君，即全真道北五祖的第一祖、華陽真人王玄甫；右為道教全真派創始人王重陽。

　　下面只扼要談一談杜光庭（850－933），此人對道教的理論建設貢獻極大，是齋醮科儀的集大成者。他字賓至或賓聖，號東瀛子，

處州縉雲（今屬浙江）人。唐懿宗咸通年間（860－873）加入道教，師從天臺山道士應夷節。後進長安「為麟德殿供奉，有經綸才，唐室欲相之」（《湘山野錄》卷下）。中和元年（881）隨僖宗入蜀，並奉命封寧先生為「希夷公」，後經道士張素卿上表勸阻敕改為「希夷真君」。前蜀永平三年（913），杜光庭被王建封為「蔡國公」。晚年隱居青城山白雲溪，並終老於斯。《正統道藏》內署名或託名杜光庭的著述之多，簡直駭人聽聞，僅從科儀一類來看，經杜手修訂的就有金籙齋、黃籙齋、明真齋、神咒齋、閱籙儀、拜表儀、仰謝儀、方懺儀等數種，以致產生了「杜撰」一說——

> 明馮夢龍《古今譚概》：「五代廣成先生杜光庭多著神仙家書籍，悉出誣罔，如《感遇傳》之類，故人謂妄言為杜撰。」
>
> 清褚人獲《堅瓠集》：「《道藏》經五千卷，唯《道德經》二卷為真，係太上所著，餘皆蜀道士杜光庭所撰，故曰杜撰。」

四

出建福宮，進青城山門，歷經「天然圖畫」、「山陰亭」、「凝翠橋」諸景，「古常道觀」（原名「延慶觀」）四個擘窠大字就會躍入眼簾。如果再進一步拾級而上，破門而入，即可看見恢宏肅穆的「三清大殿」。殿為重簷歇山頂樓閣式建築，裡面供奉著道教的最高尊

神「三清」：居於玉清境（清微天）的元始天尊，手銜靈珠，象徵洪元世紀；居於上清境（禹餘天）的靈寶天尊，懷抱太極，象徵混元世紀；居於太清境（大赤天）的道德天尊（參看《雲笈七籤》卷三《道教本始部·道教三洞宗元》），指拈羽扇，象徵太初世紀，也就是神化了的老子，「常道」二字即截取自他的傳世雄文《道德經》。殿後為「古黃帝祠」，供奉著黃帝金身像。穿過祠側的月亮門，路的一邊是坐著伏羲、神農、軒轅三尊石像的「三皇殿」，一邊則通往位於第三混元頂岩腹前的「天師洞」。洞窟中央安置的就是前面提到的隋朝所造的張天師石像，左手掌著「陽平治都功印」，乃鎮山之寶，右拳握著「三五斬邪降魔寶劍」，傳說是太上老君所贈。天師原叫張陵，本來是一個安徽籍的太學書生、一個不折不扣的孔子門生，等到他博綜五經之後才發覺「此無益於年命」（葛洪《神仙傳·張道陵傳》，又見《雲笈七籤》卷一〇九、《古今圖書集成·神異典》卷二三二），於是在晚年棄儒而學長生之道。他開始想依「黃帝九鼎丹法」（疑即《抱朴子·金丹》所稱引的《黃帝九鼎神丹經》）煉丹，但家貧不能置辦藥品，又想從事農業改善生活，卻不會營田牧畜。聽說四川人寬厚樸摯，容易教化，而且那裡還有許多名山深林利於習學修煉，便於漢順帝年間（126－144）帶著一幫弟子自浙逾淮、涉河洛、入蜀山，開始融合、改造原行於西南民族間的五斗米教、三官信仰、請禱之法等原始巫術與傳統民俗而創立了天師道，並造作符書，積極發展當地百姓成為自己的信徒。《華陽國志》說他「自稱太清玄元」，李膺《蜀記》（又稱《蜀志》，疑即《益州記》）說他「自稱天師」；晉世道教徒每於人名中加一道字，稱其為「張道陵」。天師一詞早見於《列子》、《莊子》，兩書後來都

被拉進《道藏》，一躍而升級為《沖虛真經》、《南華真經》。這個封號猶如一頂桂冠，被張道陵的子子孫孫承襲了世世代代，直到明洪武元年（1368）八月甲戌，朝庭才改封張正常為「正一嗣教護國闡祖通誠崇道宏德大真人」，去其天師之號。只因太祖朱元璋認為：「至尊者天，何得有師？」（《夜航船》卷十四）然而「張天師」這個頭銜好比三清大殿旁那株千年銀杏，其根系早已深深紮入書面口碑，成了俗世常常嘮叨的話題了，例如元吳昌齡雜劇《張天師》（載明臧晉叔編《元人百種曲》）專演其事，明吳承恩《西遊記》稱張是護衛玉皇大帝靈霄寶殿的四位天師之首，而在清西周生（一說即蒲松齡）小說《醒世姻緣傳》中則有「張天師抄了手──沒法可使了」、「張天師忘了咒──符也不靈了」等風趣的歇後語，其名聲甚至遠播日本、法國等地。

五

出天師洞繼續上行，過「擲筆槽」（舊名「天師界鬼筆跡」）、「朝陽洞」（傳為寧封隱居之石室），丹梯愈來愈曲折、愈來愈陡峭，一直通向青城山最高的一座道觀「上清宮」（「老君閣」係當代仿古建築，本文忽略不計）。內中竟有「文武殿」，供奉著文聖孔丘與武聖關羽。儒教中素有「山東人撰寫《春秋》，山西人拜讀《春秋》」之說（大概是附會《三國志》裴松之注引《江表傳》「羽好《左氏傳》，諷誦略皆上口」而來，不過清龔煒《巢林筆談續編》卷上卻說「按古碑，關氏自石磐公諱審、道遠公諱毅皆有至行，通《易》、《春秋》，

夫子之祖、父也。家學淵源，其來有自」），指的就是他們二位。暫且不表被道教「統戰」了的孔夫子，此處只講講「山西夫子」關羽。他本字長生，又字雲長，諡號壯繆侯，於明萬曆四十二年（1614）被追封為「三界伏魔大帝神威天尊關聖帝君」，另有「蓋天古佛」、「關帝菩薩」等諸多稱謂，顯然儒、道、佛三教他都占了一席之地。自魏迄唐，關羽信仰在民間影響並不很大，尚被傳為人鬼關三郎或張天師屬下神將之一。北宋末年以後，名氣才忽然飆升，後來連滿族都視之為守護神、韓國都視之為民族英雄。迨至清季，幾乎沒有一個村子不設關帝廟，比孔廟的數量有過之而無不及——

> 今且南極嶺表，北極寒垣，凡兒童婦女無有不震其威靈者，香火之盛，將與天地同不朽。（趙翼《陔餘叢考》卷三五）
> 神祠率有籤，而莫靈於關帝……蓋一歲中自元旦至除夕，一日中自昧爽至黃昏，搖筒者恒琅琅然。一筒不給，置數筒焉。（紀昀《閱微草堂筆記》卷六）

在當時，這些話毫不誇張。有清一代，關羽儼然成了人神之魁，同文聖孔子齊肩抗禮而為武聖，民間各行各業對其膜拜遠甚於孔子，這種現象在中國民間諸神中也是異常罕見的，以致劉獻廷《廣陽雜記》卷四會說：

> 佛菩薩中之觀音、神仙中之純陽、鬼神中之關壯繆皆神聖中之最有時運者，莫知其所以然而然矣；舉天下之人，下逮婦人孺子，莫不歸心嚮往，而香火為之占盡，其故甚隱而難見，未可與不解者道也。

究其主要原因，就封建統治者而言，關羽之崇拜價值在於他的忠勇神武、為國捐軀；就基層群眾而言，關羽之崇拜價值在於他的義薄雲天、堅貞不貳。不啻如此，僧道術士者流又將司命祿、佑選舉、治病除災、驅邪辟惡、誅罰叛逆、巡察冥司、招財進寶、庇護商賈等等職能一古腦兒全加於關羽名下，競相張大其說以迎合善男信女的心理需求，致使他老人家在勝任愉快的同時神運大昌、香煙獨盛，而其他神仙佛陀恐怕只能側目垂涎、自愧弗如囉！

2002 年 8 月 8 日，我們為了去瞻仰上清宮下因「大聖圓明道母天尊」（即斗姥）而得名的圓明宮和原祀「天皇真人」的玉清宮，竟不知不覺地走到了青城山外……

經道教文化學者研究、總結，道教的神祇譜系從總體上看，大致可以劃分成八大類：

一是由古代圖騰崇拜和自然崇拜衍化的神靈；

二是祖先崇拜與儒家聖賢、英雄演變的神靈；

三是封建社會大一統初期形成的五嶽、四瀆之神；

四是大一統中期的天地、四方、六合神靈；

五是大一統後期的三清、四御尊神；

六是從佛教中引入的神，如慈航真人、普賢真人等；

七是全國各區的地方諸神的聯合，包括民俗雜神、行業神等；

八是道教的祖師、神仙跟隱逸之士。

綜而言之，來源不一、神性相異的各路仙人共同組合了如今這個紛繁蕪雜的神靈系統，反映了道教在其漫長的歷史發展過程內所形成的中國本土宗教特色——海納百川，有容乃大。

上文用了四節的篇幅著重介紹了范長生、寧封、杜光庭、張陵、關羽等由人而神的道教偶像，僅僅涉及了神祇譜系的第二、第七和第八類，只算青城山眾多道觀所供奉的諸神中的極少數成員而已。儘管這樣，他們仍然層累地或單個地給旅人香客留下了時隱時現的虛擬印象、或巨或細的精神財富，仍然值得有志者前赴後繼去進行多維度的發掘、梳理。

迎祥寺今昔

荒田野草，淒然動陵谷之感焉

——《宋稗類鈔》

　　李清照詞云「物是人非事事休／欲語淚先流」，2006 年 4 月 17 日午，當我站在都江堰市聚源鎮楊妃池之畔之際，心情卻是：物非人非事事非，欲哭無淚！所謂池已成了一個長滿蓬蒿蔾藋的坑了，不但毫無積水，就連輪廓也早被四周廣袤的農田和高密的作物吞噬了。若不經迎祥寺守廟老人領路、指點，我想我越陌度阡踏破鐵鞋也很難尋覓到這個「生春草」的「池塘」，縱然幸運地找著了，也不敢即刻承認它曾是楊升庵筆下「光涵色界三千頃／潤接華清第一湯」的「玉環池」。

　　池原在迎祥寺內，可供給 200 多名和尚的生活用水。該寺始建於唐，鼎盛時周長約 4 里，面積 500 餘畝，「一寺兩院，左曰金祥，右曰銀祥，後合名為迎祥」（明陳節《迎祥寺碑》），楊妃池只不過是其中眾多的景點之一。今年 74 歲、已吃了 13 年長齋的守廟老人告訴我：當年此寺在川西四大叢林中排名第四──「一昭覺，二草堂，三馬祖，四迎祥」，如果早晨兩人同時起床，一人燒鍋煮飯，一人快步游寺，遊完歸來，前者不僅從從容容吃了飯，剩下的都已經涼了良久了，可以想見殿宇規模之大、僧侶之多。

可惜——

> 屋宇有生也有死：有建造的時候
> 也有供生活和蕃衍生息的時候，
> 有給大風吹落鬆弛的窗玻璃
> 搖動田鼠在來回奔馳的護壁板
> 吹起繡著沉默的箴言的破掛氈的時候。

——艾略特，《四首四重奏》

今天只有一椽破陋的小殿同這位古稀老者朝夕相伴、形影相弔了。殿雖小，柱和偶像卻不少，什麼觀音、地母、濟公，應有盡有，神案左邊甚至還供著一尊微型的毛澤東石膏像。當然，最吸引我的要算那神案中央正對大門打坐在蓮臺上的主神了。據老人介紹，他是釋迦牟尼，由水泥頭與石身兩部分組接而成。石身本來深埋地下，後托夢於當地生病的某人才得以重見天日。我背著老人偷偷叩了叩佛身，彩衣之下的確是石質，再繞著神案巡視石身的前後左右，始終感覺頭身性別不甚相符，略呈女性特徵的石身會不會就是迎祥寺附近費家祠中的斷頭花蕊夫人雕像呢？民國年間，該祠因修碉堡而被拆除，斷頭石像極有可能隨之長眠黃土荒草之下。

初來乍到、行色匆匆的我狐疑滿腹，卻又無人可問，奈何？如駒過隙的人生又怎麼奈何得了漫長修遠的時間？時間，唯有時間，才能掩蓋林林總總的歷史真相，才能殘酷地分開楊妃池跟迎祥寺，只讓它倆隔著禾黍荊棘、丘墟隴畝如今這般遙遙地相望著，偶爾迎來寥寥的訪古的旅人……

唐人眼中的樂山大佛

　　嘉州，北周大成元年（579）置，因州境接近漢之漢嘉舊縣而得名，唐儀鳳（676 年）以後轄區相當於今四川樂山、峨眉山、夾江、犍為、馬邊等市縣，直到南宋慶元二年（1196）才升為嘉定府。凌雲寺，始建於唐武德年間（618－626）或開元年間（713－741），重建於清康熙六年（1667）。「嘉州凌雲寺大彌勒石像」是唐人對樂山大佛最準確的定位稱謂，較早見載於同薛濤鬧過緋聞的韋皋所作碑記《嘉州凌雲寺大彌勒石像記》。

　　那麼，唐人眼中的樂山大佛究竟是怎樣的呢？讀唐代宗大曆進士司空曙《題凌雲寺》詩句「石磴盤空鳥道過／百丈金身開翠壁」、唐武宗會昌進士薛能《凌雲寺》詩句「像閣與山齊／何人置石梯」已能略見大概，再參看司空曙任檢校水部郎中時的幕府主人劍南西川節度使韋皋的《嘉州凌雲寺大彌勒石像記》「或丹彩以章之，或金寶以嚴之，至今（803 年——趕秋按）十九年而足趺成形：蓮花出水，如自天降，如從地湧。眾設備矣，相好具矣」，我們就可以得出這樣的印象：樂山大佛雄距蒼翠的凌雲山棲鸞峰西壁，全身以黃金色為主（正符合《彌勒下生經》「莊嚴其身，身黃金色」的要求），以丹彩修飾局部，兩足分別踩著一朵仰覆蓮花（大概是「一佛出世，各坐一華」的變相），摩頂放踵皆罩於一高閣之內，右手側有九曲棧道通往山頂……

　　若要瞭解更詳細的情況，還得有賴於後代的見聞、考古與辨證，其結果綜合可得：唐時大佛額上第二層螺髻上有一個約占四個螺髻位置的下凹圓圈，稱為「白毫」（取《宋書·訶羅單國傳》「眉間白毫普照十方」之義）；額上的髮際呈直線形，向兩鬢延伸；眉間的痣下凹，內塗土紅色顏料；佛腳前沿臨江岸處呈現一條通向河面的石梯，是連接沿岸朝拜佛像的道路，旁邊還可泊船；大佛兩腳的中部高出地堂的方形石台基上設有神台（如慧皎《高僧傳》記剡縣大佛「龕前架三層台，又造門閣殿堂」一般），好供香客禮拜；而保護佛身的大像閣一共七層十三重簷，每層的外壁上有規則地分佈著供通風和採光而設置的大明窗，以便人們在外遠眺或登閣巡禮時近距離瞻仰佛像的各個部位，閣外屋脊裝有琉璃製品構件，陽光下顯得金碧輝煌。

　　南宋人看到的樂山大佛又跟唐時有所不同，那是維修後的視覺逆差：范成大所見的大佛「兩耳猶以木為之」，應是指大佛的耳垂是用木料做成耳形嵌合在石耳上的，起一種保護和裝飾石耳的作用；夏圭所畫的《長江萬里圖》中「天寧閣」清晰可見，共有九層，恰與釋志磐《佛祖統紀》「大像閣為九層」之說吻合。

　　高閣大佛崇麗地並存了八百餘年，宋元之際（一說元末，一說明末）高閣毀於兵燹，大佛遂被日曬雨淋了七百餘年，到明清時就成了「肘間蒼樹立」、「細草承趺坐」、「銷卻金衣變草衣」的境況了；年深日久，水蝕風化，天災人禍，大佛更加消瘦，不復睹盛唐之慈容矣！幸好歷來屢有大大小小的修復，才使這世界之最得以長存火宅、永鎮水患，雖然難免有點走樣，也算是大功德了。

誰在為樂山抹黑

是韋皋、陸游嗎？還是蘇軾、郭沫若？當然都不是！這些有良知的文化人只會為樂山增光添彩！

那麼究竟是誰在給佛都樂山抹黑丟臉呢？表面上是樂山大佛景區（包括東方佛都、麻浩岩墓、烏尤寺在內）內信口開河的、喪失職業道德的導遊（讓人想起印度電影《貧民富翁》裡那個冒充泰姬陵導遊的小孩，然而這些竟是成年的非野導遊呀），實質上是在背後支持和操縱他們的欺世騙錢的當權者。

你們的良心難道被三江之中的「伏螭」吞噬殆盡了嗎？！

世界遺產景區內的導遊在為遊客講解時信口雌黃的現象早已屢見不鮮、屢禁不止，第一次我的態度是發笑，第二次是吃驚，這一次則是憤怒！

以前曾在一個文人聚會中聽到一位工程師自述自己為了向遊客免費宣講正確的景點知識而被景區（竟然是世界文化遺產景區，悲哀！）雇人（也許就是景區內的工作人員，所謂「旅遊執法」）暴打了一頓，我當時就無語了，我的心在泣血。讓我敬佩的是，這個老工程師並未因此而放棄，他仍然堅持了下來，讓我不得不豎起大指拇贊其為董狐再生（這位工程師有時也用詩文宣傳這些被職業導遊所歪曲的事實）！

　　這裡我暫不說出該景區的大名，不是不敢，而是還對你們抱有希望，希望你們能自我覺醒而改過自新，正如吳宇森電影《赤壁》周瑜不罰偷牛之兵的良苦用心。

　　然而這次我要直說了，佛啊請體諒我的愛之深而責之切！樂山大佛是我最喜愛的一個人文景觀、一個歷經滄桑的藝術品。在尚未申遺成功之前，我去看過它兩次，一次是在上世紀八十年代，第二次是在 1994 年，當時大佛背後的臥佛（東方佛都景點之核心）正在緊張雕鑿之中。我一個搞竹雕的朋友於 2009 年 3 月 7 日隨團遊覽時，帶隊的導遊竟對他們說這個臥佛是古人的作品、在文革中曾被掩護而大佛閣被張獻忠放火燒了三天三夜云云，真是大膽荒謬之極！

　　更荒謬、更與社會主義精神文明背道而馳的是麻浩岩墓景點內的一尊偽文物，據導遊說那是出土於 1989 年的東漢石雕佛像，該像一米多寬，面容酷似我們偉大的業已退休了的江澤民主席（朋友目擊後說，如果再加一副眼鏡，就完全是他本人了），然後還有一長串江姓捐建者的名單陪刻在側，多麼稚拙的造假啊，我都不想去批評了。更可氣的是，導遊竟敢說這是因果報應、前世註定、奉天承運云云，無知的遊客不曉得這其實比唐人拍武則天馬屁所使用的伎倆還要卑劣！

　　哭泣於《莊子》的蒙叟在兩千年前曾「以天下為沉濁，不可與莊語」，如今看來這種慘況還遠沒過時。出離憤怒又有什麼用？正像馮友蘭寫的「人必須先說很多話然後保持靜默」，如果錯者不肯從諫如流，那就讓一切醜惡都在靜默中自生自滅吧！我懶得說了，我要睡了。

皇澤寺‧千佛崖‧劍門關

石櫃層波上，臨虛動高壁

　　石窟藝術隨著佛教的傳播從古印度傳入中國後，幾乎遍佈全國各省、市、區，形式了龐大的石窟寺網絡。先從新疆拜城的克孜爾石窟到甘肅敦煌莫高窟、榆林石窟，然後分南北兩路延伸：北路從甘肅酒泉文殊山、張掖馬蹄寺、武威天梯山經山西大同雲岡石窟、河北邯鄲響堂山到河南洛陽龍門石窟；南路則由甘肅天水麥積山、永靖炳靈寺經四川廣元、巴中、樂山和重慶大足石刻到雲南劍川石鍾山石窟。

　　今夏最末一個豔陽天（2007 年 8 月 7 日），我首次近距離地領略了廣元石窟的遺容。先是在皇澤寺裡，接著是在千佛崖上。或大或小或殘或存的佛像雖則如雲，但給我印象最深的只有這樣兩窟。一是千佛崖第 138 號的北大佛窟，雕造於隋朝，窟正中鑿倚坐彌勒佛（左手撫膝，右手已毀，手勢不詳），高 4.31 米，係嘉陵江流域雕造最早的大佛，兩側鑿二弟子（左側弟子像面目已非）立於低仰蓮圓座之上，亦魁偉滯重。一是被皇澤寺大佛樓蔭護的大佛窟，此

窟為馬蹄形、穹窿頂式窟，龕內造一佛（阿彌陀佛，據我目測，大約高 6 米左右）、二弟子（迦葉、阿難）、二菩薩（觀音、大勢至）、二力士共七尊像，龕後壁浮雕人形化天龍八部。此窟規模宏大，造像精美，是我國初唐時期佛教造像藝術的代表作品。

　　稀稀拉拉的遊客是衝著武則天才來皇澤寺的，我敢肯定，包括那群日本遊客也是如此。很多中國遊客從電視劇《大明宮詞》（寺內陳列館中就有其劇照）裡才知道有個武則天，而日本遊客或許是讀了原百代《武則天》之類的小說才感上興趣的，至於正史就留給專家們偶爾去翻翻吧。

　　當一進門就看見樹小牆新畫不古的二聖殿、武氏家廟等現代仿古建築時，我是失望極了，這些建築內外給善男信女倒是留足了燒香、放鞭炮的位置，無意中也給如我的訪古者備好了澆頭的冷水。仿古就仿古唄，反正全中國的「古跡」差不多都這樣，為何不儘量修舊如舊、仿得與遺存相協調呢？

　　真正的古跡（如大佛窟）或被新樓（如大佛樓）遮著、或被玻璃隔著，只有我不惜上下攀爬又注視又拍照又筆記。轉念想想，被普通遊客冷落也不失為這些古跡的幸運，因為少一些人類氣體、聲光的侵擾，它們就延長了一些壽命。

　　千佛崖就沒這麼幸運了。雖然整個下午只有我一個遠客來拜訪它，但它卻天天被汽車尾氣、揚塵、風霜剝蝕著，因為它呆若木雞一直就呆在古時的金牛道（亦稱石牛道、劍閣道）旁、現在的柏油路邊，面朝嘉陵江逐日地衰老著逼近那個全軍覆沒的剎那。我獨自背著重包拿著相機穿行在峭壁上，每一步都經過一個石窟，我覺得真是一件奢侈的事。近距離目睹大部分的佛像面目全非、頭斷身

殘，我又覺得自己是戰場上唯一倖存的那個傷兵，舉步維艱地爬行在死屍之間。現在尚且如此，幾年、十幾年、幾十年後又會是怎樣一副慘況呢？我不敢想，只瘋狂地拍照，彷彿這樣就能扭轉乾坤、改變現狀了。

要不是石窟裡大模大樣地擺放著易開罐、垃圾箱（裡面的佛像並未剝蝕殆盡），要不是扶梯角落懸掛著髒舊的攝像頭，我會以為自己和千佛一同遺世了，不，應該是被世俗遺忘了。崖下汽車呼嘯而過，江中有人游泳，對岸火車轟鳴，入口處售票員與警衛任意談笑，有誰在意我的傷懷，又有誰在乎佛的存亡呢？佛亡以後，也許人們會仿古再刻上一大片，也許只剩下杜甫「石櫃曾波上」的孤吟和一些老照片或影像資料供我們有心有志的後代緬懷了。

蜀山萬點劍門雄

7日18點下千佛崖，18點30分坐上廣元到普安的末班車。一路皆有夕暉相伴，途經劍門關時天已黑，抵劍門關鎮時20點已過了。在「四川老號」劍門關賓館晚餐（其中素菜為「懷胎豆腐」）、夜宿，所索要之發票竟有一張中了10元的尾獎。

次日7點30分到街上早餐米粉、稀飯各一碗，回賓館兌獎。8點開始下雨，在鎮口打一摩的，撐著傘逆著風迎著雨向劍門關森林公園後山前門進發。將近9點，雨停，買票，登山。除了修路工人，此時只有我一個是遊客。蚊蚋跟蹤我直到山頂的梁山寺，寺很小很破，惟聞一尼中氣十足地敲魚念經。出寺路過大穿洞又上了另一段

山梁，梁下雲霧蒼茫，一些雲氣則流過梁上的樹林與石徑，我便從中健步而過。遠眺一峰，酷似峨眉金頂（據下邊那位姐姐介紹，上有一道觀，正在開發中）。

10 點左右，過石筍峰一線天，兩邊褐色山崖壁立，幾乎全係鵝卵石累積而成，我想此乃昔之海溝無疑。滄桑巨變若千年後，我竟撐著「天堂傘」在海底漫步，真是別有一番滋味。雨又大作，在前山後門再次買票，順便躲雨，請售票員姐姐幫我以石筍峰為背景照了一張相片。

從此而下，40 分左右便可見識「劍門天下壯」（杜甫《劍門》詩）了。這段路上可以看見「一夫怒臨關／百萬未可開」（同上寫「開」作「傍」）的碑刻以及「劍門天下雄」等景區標語，可以聽見今年第一場秋雨打葉以及蟬噪車鳴的聲音，反正我就是覺不出這古道有多險，它連青城山的十分之一都不及。

略感安慰的是，當年陸游「細雨騎驢入劍門」，我今天也體驗了一把「劍門道中遇微雨」的況味。當年陸游「往廬山，小憩新橋市，蓋吳蜀大路，市肆壁間多蜀人題名」（《入蜀記》卷三），我今天來到關樓（古稱劍閣）下，又看到了郭沫若（皇澤寺內也有郭字）、流沙河等鄉賢的筆墨，這興許也是中國傳統、中國特色吧。

出關就是通往普安鎮（劍閣縣老城所在地）的公路，乘中巴會重回我早晨出發的劍門關鎮、經過以張飛揚名的翠雲廊，而為我送行的只有車窗外那場復發的暴雨……

蜀道印象

每當看見以上海、北京等大城市為背景的影視劇時，我就在心頭暗暗發奮，決定擇日寫出一系列用成都作背景的小說來大力宣傳自己的故鄉。周作人講「住過的地方都是故鄉」，倘若以住的時間長短為序，那麼成都應該算我的第三故鄉了，因為我只在這兒卜居了四五年。然而，我最熟悉的倒不是美女如雲的春熙路、源遠流長的府南河或者其他繁華的地方，而是北門外由駟馬橋至天回鎮的那段普普通通的川陝大道。

起初，只知道這條路旁有豢養著國寶大熊貓的動物園，有川西四大叢林之首的昭覺寺，後來才明白這裡還行走過司馬相如和唐玄宗的高級馬車，那橋那鎮才得了姓、出了名。李劼人曾在小說《死水微瀾》內特寫過這條路：

> 路是彎彎曲曲畫在極平坦的田疇當中，這一條不到五尺寬的泥路，僅在路的右方鋪了兩行石板；大雨之後，泥濘有幾寸深，不在草鞋後跟拴上鐵腳馬幾乎半步難行，晴明幾日，泥濘又會變為一層浮動的塵土，人一走過，很少有不隨著鞋的後跟而揚起幾尺的……
>
> 路是如此平坦，但不知從什麼時代起，用四匹馬拉的高車，

竟在四川全境絕了跡，到現在只遺留下一種二把手從後面推著走的獨輪小車；運貨只有騾馬與挑擔，運人只有八人抬的、四人抬的、三人抬的、二人抬的各式各樣轎子。

但那已是辛亥革命前後的情狀，跟我在二十世紀八十年代所散步的已迥異其趣。路面拓寬了，不再泥濘了，獨輪車也絕了蹤跡。人眠於路邊（當然是臨街的樓上），現代多彩的車流會絡繹不斷地淌進夢裡。我在九十年代重遊故地時計算過，深夜兩輛汽車先後經過窗下的間隔最長也超不過幾十鈔鐘，——要清楚此時行人已沉睡，而此地已毗鄰郊區。

如此這般，一直持續到青龍場立交橋的通車，才分流了這條路上的一部分喧囂。而近年的全方位改造工程一旦竣工，這條路的老印象必將徹底在我的記憶中、革履下被顛覆，那時它興許能與唐朝人李白、英國人李約瑟筆端的舊蜀道（生活·讀書·新知三聯書店 1987 年版李約瑟著、勞隴譯《四海之內》第 100 至 103 頁）互相輝映，而樹立為新蜀道的榜樣，也並非不可以預想逆料的事。

自成都至冕寧

「大涼山不高，小涼山不矮」、「小涼山山大，大涼山山小」，若不親臨其境，你將很難理解這些又老又俗的煉話。

1999 年，流金鑠石的七月，浮腫的行囊追隨我，一路鎧轕鎧轕，被火車從繁華的省會一下子扔向了大涼山。還沒到西昌，我們就提早在瀘沽下了火車。這時仍是清晨，寬敞的安寧河躺於我的眼下做著流動的夢。寬衍平舒的山遙遙地站著，顯然是由於陽光而剛打霧裡獨立出來的。我輕輕鬆鬆就憶起了小涼山山勢的高峻、河谷的逼窄，與這裡的判然不同；人和山之間的距離一短，便很容易看見紅嘴藍鵲的飛行，很真切地聽見白綿羊或黑山羊的咩叫，跟這裡的完全兩樣。也許是靠近鐵路的緣故，這裡已有了小城市的況味。

飽餐肉包加稀飯之後，我們改乘中巴朝冕寧進發。逆著靜靜淺淺的安寧河而駛，可以在車的右窗外領略毗連的平房，我清楚這些是當地漢人的居所，青磚綠瓦隱藏不住杉木製的脊樑，不像彝民夯土結構的版屋（參看左思《三都賦・序》「見『在其版屋』，則知秦野西戎之宅」、《呂氏春秋・義賞》「郳人之以兩版垣也」及注「楚人以兩版築垣」）──既原始又樸素。

路兩邊的零星行色並不十分匆匆，其中除了附近的漢人外，也能偶爾碰到披著擦爾瓦的木蘇、穿著百褶裙的阿咪子（「擦爾瓦」

是一種類似披風的羊毛披氈，「木蘇」意指老人，「阿咪子」意指婦女，三者均為彝語的漢字譯音，也是漢民認知彝俗的基本概念）。他們彷彿沒有表現出抱怨天熱的態度，我想，大概是外面的空氣比車內的乾淨而悠閒吧。對了，阿咪子的頭頂都撐著陽傘，而木蘇或許剛喝過轉轉酒（酒有降低體溫的效果），車太顛簸了，一開始我還來不及仔細打量他們。

　　晌午了，車只開到冕寧城外。如果要最終抵達目的地，我們還得轉車。僅從車站周圍的氣氛就可看出此地比瀘沽要熱鬧得多，畢竟是個縣城嘛。經過短暫的等待，我們的第二輛車發軔了。重複一小段來路，再往左拐，一切都在司機的掌握之中和我這個陌生人的意料之外。

　　這段路由碎石墢成，更加坎坷，但也是雙車道。車的左窗外仍是安寧河，繼續保持著一派下游的靜謐，因為鵝卵石大都很小，不能激起較響的濤聲。路旁稀稀拉拉排著矮矮的樹，每隔幾十步就拴著一頭牛，樣子特懶散，或立或臥，無可避免地充當著吸塵器。我問司機這是什麼意思，難道不怕被順手牽走嗎？司機殷情回答，這是屠宰前的「齋戒」，餓幾天，牛肉將更有賣相、更好吃，家家戶戶都如此，不會去偷。我暗自為它們傷心，竟忽略了車的痙攣、夏的酷烈。

　　看不見可憐的牛的時候，車子已在盤山公路中螺旋迤邐而上。路之外的山滿是紅土，土中滿是松樹，依稀有少林寺塔林的風致。盤山公路盡頭緊接著一段下坡路，路邊立有一塊護林公告碑。真是峰迴路轉，下坡路的盡頭就是波平似掌的水庫，因為水底淹沒了一座大橋，故名大橋水庫。直到跟它擦肩而過，我才認清岸邊的斷牆、

枯樹，昔日清貧而快樂的生活已成為它們的前塵，而它們自有一種難以形容的美感，感動著細膩的過客，以至於無窮。

夜沉了下來，月升了上去，星星比大城市的燈火還多、比彌谷漫山的花朵還繁，並且天天如此，幾乎雨雪無阻，這恐怕就是大小涼山最大的共同點吧。我與我的行囊今夕在水庫之湄下榻，夢怕也要璀璨一晚了。在做夢之前，我寫了一則日記：

一九九九年七月二十五日

十多年沒趕火車了，整整七百二十分鐘有餘還真不習慣，這趟並非探親後回家，而是背井離鄉背包撈傘去含辛茹苦，一路上坐著無聊，睡又睡不抻展，喉嚨生煙，「西瓜霜」、鳳梨汁、礦泉水、「健力寶」、蘋果肉都無濟於事，簡直是柳永之詩「畢竟不成眠／一夜長如歲」、賀鑄之詞「難銷夜似年長」。說時遲，那時快。前天還偎著沙發與都江堰朝夕相處，今日天氣佳，卻睡著比和尚們的長連床還簡陋的木板通鋪，這是個和「龍鬚溝」只隔一張篾席的棚、和豬圈只隔一張篾席的棚，儘管門外就是距彝海不遠的大橋水庫。

我的命運待我實在太好了，沒親歷的二十歲結束前都讓我嚐了嚐，我還有什麼可抱怨？反觀查慎行「賤貧何事不曾經」之句，也未免太酸了。現在第一個難熬的十二小時畢竟挺過來了，當一天和尚撞一天鐘，我想城裡的藍領並不比村裡的草根階層差，相反，他們身上的那張人皮更難背。

北上黑水

　　成都平原從岷江出山口起，如一把摺扇向北、東、南三方徐徐展開，都江堰市恰巧處在制高點的柄端。倘若駕車沿岷江河谷北上，都江堰市便會迅速地消失於後視鏡中。我坐在客車中，刮水器一直跟雨糾纏不休，前後左右的青山則披著霧縠，岷江始終流向車尾，成都平原的邊緣已被一串公路橋和穿山隧道過渡為了阿壩州的高山峽谷。

　　若從古代戰略意義上考慮，都江堰和阿壩州也是唇齒相依的——「灌口為疊茂喉襟，威茂為灌口障蔽」（轉引自清陳克繩《保縣志》）。而為生存計，州內少數民族「冬則避寒入蜀，庸賃自食，夏則避暑反落」（《華陽國志・巴志》），亦必經都江堰。

　　雨愈下愈小，山越來越禿、越來越陡，石屋、碉樓漸漸多了密了，我有點分不清哪是羌寨哪是藏房了。當路同江幾乎平行的時候，我就假設自己是在乘輪船，而兩岸是三峽，兩眼是宋詩「禿山束紆江」所描寫的現場。你別說，此地峭壁夾路還真似猿聲啼不住的三峽諸峰，只可惜沒有那斷腸之音，僅僅偶爾掠過山羊與花椒的身形。仰望上去，山正頂著天，讓我忽然憶起了古蜀帝杜宇「從天墮」（《太平御覽》卷一六六、九二三引揚雄《蜀王本紀》。《水經注》卷三三引來敏《本蜀論》曰「從天下」，《史記・三代世表》司馬貞

索隱引《蜀王本紀》作「從天而下」）之類的傳說。從這麼危乎高哉的山上下來，很容易被山麓的人誤視為降自天上。車打姜維城、營盤山等文化遺址和「松潘保障」等摩崖石刻旁急駛而過，我只能用瞳孔當攝影鏡頭，然後將它們存檔於心。

一道飛瀑順山洶湧而下，疑似銀河落自九天，全車沸然騷動，乘客們議論紛紛、紛紛觀瞻，卻不大關注雜谷腦河與岷江的完美交滙，未竣工的跨線橋、斑駁的木板索橋、廢棄的電站移民故居當然更難引起大家的側目相看了。而我每次瞟到指路牌上的地名，仍舊忍不住要猜測一番：它是何種少數民族語言的音譯，保留了怎樣的生存狀態，等等。例如「雙溜索」一名，我會聯想到該處原是溜索橋堍，藏、羌等族人民從此懸筒溜索而過河，智猛法師所謂「冰崖皓然，百千餘仞，飛絙為橋，乘虛而過，窺不見底，仰不見天，寒氣慘酷，影戰魂栗」、陸游所謂「度索臨千仞／梯山躡半空」都記錄了這一險象奇觀。

有好一段山滿布著白石（羌人將其當作天神的象徵，並採集來放置在房頂、屋角、門窗間、塔上和地裡，據說能避邪、保佑人畜平安），有一段山則像經水齧雨穿或強酸侵蝕過一般，千瘡百孔，又彷彿是某年某月某場天災的永恆性定格。

進入黑水縣境，山上的植被又繁茂了起來，與嘛呢旗相映成趣。路面的雨漬早已揮發殆盡；我的裸臂提醒我，這裡的氣候已被造物主從仲夏轉換成了暮春；一兩座覆缽式藏佛塔在陣性大風中巋然不動，閃爍著令旅人好奇的白光。而「黑水」就流淌於路旁，藏語意為青銅或生鐵熔成的水。直到在蘆花（原指黑水河邊一個傾斜的藏式碉塔）鎮下了車，我依然覺察不出這水色與岷江有何懸殊，難道是我的眼球壁被八個小時的僕僕風塵污染了嗎？

滬杭遊記

一

　　冒著 2009 年 8 月的桑拿氣候，我在上海遊逛、住宿了三四天，隨時隨地遇到的大都是各國的洋人和操著普通話的外地人，真正的上海人要尖起耳朵聽才能發現。而且，上海也遠沒我想像中的那麼繁華、高大、匆忙。

　　南京路、黃埔江外灘、外白渡橋、金茂大廈、城隍廟、豫園、靜安寺、張愛玲故居等等彷彿都是初來乍到者必去見識的著名景點，我自然不能免俗。其中印象最深的要數地廣客滿的豫園、靜安寺的銅鑄獻殿和雲霧罩頂的金茂大廈，還有就是常德路 195 號現住居民在大門上貼出的阻止「張迷」入內打擾的告示。

二

8 日午後，我終於被火車從上海帶到了嚮往已久的杭州。杭州是我最喜歡的城市之一，古跡之多，名勝之雅，林木之秀，花鳥之蕃，無不令我神旺，我有時甚至想定居於此，像種梅放鶴、終老孤山的林處士一般。然則我整個下午只在河坊街和街邊的太極茶道苑的二樓上享受了一點點杭州的熱鬧與閒適。

9 號清晨，我早「莫拉克」一步進入西湖景區。據說中國共有 36 個「西湖」──浙江 9 處，廣東、湖南、四川各 4 處，江西 3 處，河北 2 處，福建 4 處，江蘇、廣西、雲南、湖北、河南、安徽、山東、陝西各 1 處；此外越南河內也有西湖。不過正如清陸以湉《冷廬雜識》所指出的那樣──「天下西湖三十有六，惟杭州最著」，長期以來大家往往只樂意排著隊去賞玩杭州的西湖。

在湖畔錢王祠的最後一座殿堂的樓上，我意外地瞥見了「錢武肅王第三十三世孫」錢鍾書先生的頭像和生平簡介，令人費解的是惟有他的頭像是銅的，與之並列的其他錢氏名人頭像卻是塑膠的，難道設計建造者是「錢迷」？

正欲出祠，風雨驟至，事後才知這是受了「莫拉克」的影響。見雨久久不停，遂買票登船，在迷蒙飄搖中遠眺雷峰、保俶二塔和不深卻有著澎湃之勢的西湖。登陸「湖中三島」，很多遊客和我一樣被雨淋漓盡致，但大家還是沒有減少拍照留影的

熱情。我穿著臨時買辦的綠色雨衣遊島離島，上岸上山，過堤過橋，除了不再接天的蓮葉與難以映日的荷花略感零碎稀疏之外，彌望的全是慕名而來的遊人，我想當年張岱在中元節目睹的人山人海也不過如此吧。誠如《明一統志》所說：西湖「山川秀髮，景物華麗，自唐以來為東南遊賞勝處。……至今湖中四時邦人士女嬉遊，歌鼓之聲不絕。」現在歌歡簫鼓之聲雖然絕跡了，但卻添了不少外賓。

　　遊歷西泠印社之際，收到了杭城林姑娘的簡訊，她打趣說這天氣倒適合邂逅白娘子。我暗自偷笑，並盡力回憶：《警世通言》第二十八卷《白娘子永鎮雷峰塔》內是否已有斷橋借傘的情節。

　　走出岳廟的時候，我瞄了瞄入口處的銘刻，知道這又是一處毀於「破四舊」運動、文革後重建的仿古建築群，與西湖邊上的武松墓、蘇小小墓等假古董一道顯得如此彆扭和諷刺。直到傍晚登臨靈隱山，才碰見了幾處五代至元朝的佛教石雕，惜乎雨大而天色將黑、不能一窺其全貌！

三

　　回川後，我重溫了《白娘子永鎮雷峰塔》和魯迅《墳》之《論雷峰塔的倒掉》、《再論雷峰塔的倒掉》，發現不少問題。

　　《白娘子永鎮雷峰塔》的正文裡未涉及「斷橋」，不過已有借傘的情節。而且對該傘作了特寫：「這傘是清湖八字橋老實舒家做的──八十四骨、紫竹柄的好傘，不曾有一些兒破」。

　　許白初相遇是在一個「催花雨下」的「清明時節」,「那陣雨下得綿綿不絕」,二人同船而渡湖,一見而鍾情。原文云:「那婦人同丫鬟下船,見了許宣,起一點朱唇,露兩行碎玉,向前道一個萬福。許宣慌忙起身答禮。那娘子和丫鬟艙中坐定了。娘子把秋波頻轉,瞧著許宣。許宣平生是個老實之人,見了此等如花似玉的美婦人,傍邊又是個俊俏美女樣的丫鬟,也不免動念。」在《白娘子永鎮雷峰塔》裡,所謂丫鬟被喚作「青青」,是「西湖內第三橋下潭內千年成氣的青魚」,還不是後世津津樂道的小青蛇精;許宣也還未成為如今家喻戶曉的「許仙」,白娘子亦尚無「素貞」之名。而且白只是「一條大蟒蛇,因為風雨大作,來到西湖上安身,同青青一處。不想遇著許宣,春心蕩漾,按納不住,一時冒犯天條」,成了盜竊慣犯,屢次連累、欺瞞許,當許得知白是妖後,白便一再威脅:「若生外心,教你滿城皆為血水,人人手攀洪浪、腳踏渾波,皆死於非命」、「若不好時,帶累一城百姓受苦,都死於非命」!這抑或即是後世「水漫金山」傳說的濫觴吧。故事結尾法海禪師收了白青二妖,「封了缽盂口,拿到雷峰寺前,將缽盂放在地下,令人搬磚運石,砌成一塔。後來許宣化緣,砌成了七層寶塔。千年萬載,白蛇和青魚不能出世。且說禪師押鎮了,留偈四句:『西湖水乾/江湖(明顯是改編自《白娘子永鎮雷峰塔》的《西湖佳話古今遺跡·雷峰怪跡》作「江潮」,可從──趨秋按)不起/雷峰塔倒/白蛇出世』」。

　　清俞樾《小繁露》則稱:「徐逢吉《清波小志》引《小窗日記》云:『宋時法師缽貯白蛇,覆於雷峰塔下。』」按:世傳雷峰塔下有青白二蛇。《西湖志》則云俗傳有青魚白蛇之怪,亦不詳其見何書。

此所引《小窗日記》未知何人所作，疑宋時實有此事也。」陸次雲《湖壖雜記》則稱：「俗傳湖中有青魚白蛇之妖，建塔相鎮，（觀音）大士囑之曰：『塔倒湖乾，方許出世。』崇禎辛巳，旱魃久虐，水澤皆枯，湖底泥龜裂，塔頂煙焰熏天。居民驚相告曰：『白蛇出矣！』互相驚懼，遂有假怪以惑人者。後得雨，湖水重波，塔煙頓息，人心始定。」清朝末年到民國初期，民間又盛傳雷峰塔磚具有辟邪、治病、安胎、宜男、利蠶的特異功能，因而屢屢遭到盜挖；還有人從塔內挖尋經卷，企圖發財。1924 年 9 月 25 日下午 1 時，老衲醉翁似的雷峰塔終於轟然坍塌。

　　10 月 28 日，「聽說」了此事的魯迅撰文稱雷峰塔的倒掉遂了他的夙願，因為他曾「到杭州，看見這破破爛爛的塔，心裡就不舒服。後來我看看書，說杭州人又叫這塔作保叔塔，其實應該寫作『保俶塔』，是錢王的兒子造的。那麼，裡面當然沒有了白蛇娘娘了，然而我心裡仍然不舒服，仍然希望他倒掉。」這裡，魯迅犯了一個幼稚的錯誤。保俶塔又名保叔塔、寶所塔、寶石塔，位於西湖北岸寶石山上，始建於 952 至 960 年之間，係五代吳越國王錢俶的母舅吳延爽造來保存「善導和尚舍利」（明徐一夔《重建寶石山崇壽院記》）的。明田汝成《西湖遊覽志》載：「寶所塔，延爽建九級，尋崩。咸平中，僧永保以目眚募緣，十年始複其舊，目光如故。保有戒行，人呼師叔，遂稱保叔塔也。」清毛奇齡《西河詩話》卻認為：「保叔者，寶石之訛，蓋以山得名。諸說未知孰是。惟王炎、錢惟善、張羽詠塔皆以保叔名題，不過張寧詠《再遊寶所塔》獨冠以寶所爾。」另外，元白挺《西湖賦》、周密《武林舊事》、袁宏道《御教場》文、《白娘子永鎮雷峰塔》等也稱保叔，張岱《西湖夢尋》、

《湖壖雜記》等也稱寶所。梁章鉅《浪跡續談》曾經總結道:「《湧幢小品》云,錢王弘俶入覲,留京師,百姓思望,乃築塔,名保俶。然以士民直呼君長之名似於情事不近。《霏雪錄》云,原名寶所,俗訛保叔。寶所之義亦不可解。惟毛西河《詩話》云『保叔者,寶石之訛,蓋以山得名』者近之。」而西湖南岸夕照山上的雷峰塔曾名西關磚塔(此名初見塔藏《寶篋印經》卷首語「天下兵馬大元帥吳越王錢俶造此經八萬四千卷,舍入西關磚塔永充供奉,乙亥八月記」)、皇妃塔(此名初見塔址所出石刻《華嚴經》之錢俶跋文「塔因名之曰皇妃云」,《咸淳臨安志》卷八二《寺觀》八《佛塔》誤引作「塔曰黃妃云」)、王妃塔、黃皮塔,是錢俶之妃建來珍藏「佛螺髻髮」(亦見錢氏跋文)的,於 975 年開工,竣工於 976 年。《佛祖統紀》卷四十三記載「吳越王錢俶天性敬佛,慕阿育王造塔之事,用金鋼精鑄造八萬四千塔,中藏《寶篋印心咒經》,布散部內,凡十年而訖功」,雷峰塔應該就是其中之一吧。舊時雷峰塔與保俶塔一南一北,隔湖相對,呈現出「一湖映雙塔,南北相對峙」的美景。博覽多聞的魯迅竟然混二塔而為一,實在是不應該啊!直到 1924 年 11 月 3 日,魯迅才得知自己搞錯了:「今天孫伏園來,我便將草稿給他看。他說,雷峰塔並非保俶塔。那麼,大約是我記錯的了,然而我卻確乎早知道雷峰塔下並無白娘娘。現在既經前記者先生指點,知道這一節並非得於所看之書,則當時何以知之,也就莫名其妙矣。」

不過魯迅倒是蠻有預見性的,他在 1925 年 2 月 6 日再論雷峰塔的倒掉時說:「倘在民康物阜時候,因為十景病的發作,新的雷峰塔也會再造的罷。」2002 年 10 月 25 日,雷峰新塔果然如期落

成。2009 年 8 月 9 日那天我坐在煙波畫船之上觀賞雨湖，旁聽一導遊說新塔的中心部位是兩座透明的電梯，周圍是不銹鋼扶梯，彷彿一現代賓館，人們首次往往慕名而去，去過之後就再也不想去第二回了。於是，遠道迤邐而來的我索性一次也不去了。

一飲一啄

四川甜菜

民間一提起香腸和月餅，常常會簡單地把它們的味型分成川味與廣味兩類，就是以川味指代椒鹽味或麻辣味，用廣東潮州菜的主要味型指代甜味，這種不太精確的稱法早已約定俗成，當然無可厚非。但是，作為一個四川人或川菜愛好者來講，瞭解一段川菜也曾經崇尚甜味的歷史，並非沒有些微的裨益。

西漢川籍文豪揚雄有一篇《蜀都賦》（見《全漢文》卷五一），對川菜的原料、烹飪、筵席等都作了詳盡的描述，其中特別提到「甘甜之和」，意思就是三國時新城孟太守向魏文帝曹丕所彙報的那樣：「蜀豬肫、雞鶩味皆淡，故蜀人作食喜著（《淵鑒類函》引《魏略》作「煮」）飴蜜，以助味也。」（《全三國文》卷六《詔群臣》）這足夠證明川菜在漢代直至三國並不像今天這麼崇尚辛辣，而到了東晉，川籍史學家常璩才在《華陽國志》裡明確記載川菜調味以「辛香」為主流。

讓人感興趣的還有，宋朝鼎鼎大名的川籍通才蘇東坡竟然也是一個「嗜甘」（袁文《甕牖閒評》卷六。《夢溪筆談》卷二四「大抵南人嗜鹹，北人嗜甘，魚蟹加糖蜜蓋便於北俗也」之南蓋謂江南，與下引蘇軾所云「南方」同）的傳統川菜迷。據陸游《老學庵筆記》卷七追敘其族伯父陸彥遠的話說：「一日，與數客過之（指下文之

殊長老），所食皆蜜也。豆腐、麵筋、牛乳之類皆漬蜜食之，客多不能下箸。惟東坡性亦酷嗜蜜，能與之共飽。」禮尚往來，東坡在黃州時，「又作粽筍，酢浸蜜漬可致千里外，嘗以餉殊長老」（《韻語陽秋》，語本蘇軾《粽筍》詩敘：「粽筍……蜀人以饌佛，僧甚貴之，而南方不知也。……蜜煮酢浸，可致千里外。今以餉殊長老」）。不僅如此，蘇東坡還特地寫下《安州老人食蜜歌》稱頌這位跟自己有著共同愛好的長老。時至今日，以鹹甜鮮香膾炙人口的川菜「東坡肉」、「東坡肘子」仍和蘇居士有著某種不解之緣。

成都粉子與湯圓

　　如果你有雅興漫步於成都的邊城小鎮之間，你極有可能聽見「醪糟兒粉子」的叫賣聲。《現代漢語詞典》裡有「醪糟兒」的釋義，卻找不到「粉子」的辭條。其實粉子和醪糟兒有著相同的原料——糯米和水，但制法卻大相逕庭。街頭巷尾叫賣的粉子就是濕的元宵粉團，直接將其掰成小塊，煮入沸水中，再打入一枚清黃分明的雞蛋，快熟時舀下一些醪糟兒、白糖，略煮後連湯起鍋，一碗熱乎甜酸的「醪糟兒粉子」就呈現在你翕動不已的鼻觀之下了。此時的「醪糟兒粉子」已與叫賣的「醪糟兒粉子」同名而異實、合二為一了，從生到熟產生了質的飛躍。

　　許是喜愛它的簡潔可口吧，成都人又用它指稱美女。雖然粉子又別稱「小湯圓」，但它卻是實心的，也就是無心的，由表及裡只是白白的元宵粉。湯圓就不同了，湯圓有餡，餡就是湯圓的心。如果美女是粉子的話，那她只是一個花瓶，美在外貌而已。我欣賞的美女應該像湯圓，有外在亦有內涵，豐滿而不臃腫，圓潤而不滑頭，即便沒有醪糟兒、雞蛋、蔗糖的烘托也能獨立成席而應百口之品味，成都的大美女花蕊夫人就是這種湯圓的傑出代表。每當我徜徉在春熙路之際，多麼希望撩亂雙眼的美女們都能從碎玉般的粉子漸

漸煙視媚行成珠璣般的湯圓，要知道這樣才更能配得上江可濯錦、溪亦浣花、芙蓉名城的成都啊！

上個世紀八十年代其中幾年，我一直住在成都駟馬橋外賴湯圓食品廠的斜對面。直到最近，我才知道一點賴湯圓的創業史。賴湯圓名叫賴元興，十幾歲時父母就雙亡了，生活無依無靠。民國初年，他跟隨堂兄從資陽老家到成都學餐飲手藝，不久被老闆辭退，只好找堂兄借幾塊錢置了一副擔子，做起湯圓生意來。每天天剛麻麻亮，就挑起擔子走街串巷，早上賣的錢又拿去備辦賣夜湯圓的原料，如是苦心經營十載，才在總府路口買了一間鋪面，支起三張小桌子開起了湯圓店……

年湮代遠，我著實想像不出賴元興當初是怎麼吆喝自己的湯圓的，而如今騎著自行車馱著膠桶穿越城鎮叫賣「湯圓心子、醪糟兒、粉子、饃饃麵」的身影也愈來愈少了，取而代之的是超市里冰櫃中的速凍湯圓要死不活地等待著忙人或懶人們的選購。他們不但放棄了自己動手揉包湯圓的樂趣，而且對湯圓的歷史淵源更是一無所知。

生於四川的唐人段成式在他的傳世名著《酉陽雜俎》「酒食」篇中稱湯圓為「湯中牢丸」。南宋紹興進士周必大有〈元宵浮圓子〉詩，錢塘幽棲居士朱淑真有〈圓子〉詩，吟詠的也都是用糖和各種果肉做餡的湯圓；林達叟《本心齋蔬食譜》記為「水團」，製法很簡單：「秫粉包糖，香湯浴之」，秫應該指粘高粱，這種用高粱粉做的湯圓實在少見；不過南宋末浙江廚娘吳氏《中饋錄》「沙糖入赤豆或綠豆煮熟成一團，外以生糯米粉裹作大團，蒸或滾湯內煮亦可」云云用的卻是糯米粉。宋《三餘帖》說「嫦娥奔月之後，羿晝夜思惟成疾。正月十四夜忽有童子詣宮求見，曰：『臣，夫人之使也，

夫人知君懷思，無從得降。明日乃月圓之候，君宜用米粉作丸，團
團如月，置室西北方，呼夫人之名，三夕可降耳。」如期而降，復
為夫婦如初」，元宵節吃湯圓的民俗似乎與此相關。及至清宣統時
翰林院侍讀學士、陝西人薛寶辰在其《素食說略》內記載「今人捏
餡作小塊，入糯米粉滾之，再濕再滾，大小合宜而止，曰元宵；以
水和糯米粉，擘塊，實以餡包之，曰湯圓：古人作此當不外此二法
也」，湯圓的做法與叫法才總算有了一次比較完美的小結。

買菜的學問

清朝江蘇人錢泳《履園叢話》二三《雜記》上載：

> 每日費用雖小不苟，所以惜物力、謹財用也。蘇州人奢華
> 縻麗，寧費數萬錢為一日之歡，而與肩挑貿易之輩必斤斤
> 較量，算盡錙銖，至於面紅聲厲而後已。然所便宜者不過
> 一二文之間耳，真不可解也。
>
> 相傳沈歸愚尚書貧困時，鮮於僮僕，每早必提一筐自向市
> 中買物，說一是一，從不與人爭論，諸市人知其厚道，亦
> 不敢欺彼，時尚有古風。

沈歸愚也是江蘇人，但不是斤斤計較的蘇州人。我不像他總聽
任商賈說一就是一，早上到傳統市場裡去買菜（廣義，包括肉、蛋、
水產、乾鮮等），我也要講價，但決不會錙銖必較，因為那樣不光
會浪費時間，還會弄得買賣雙方心情不快。

講價是為了「惜物力、謹財用」，說白了就是節約開支。而買
菜是為了烹製下飯的食物，比講價（主要技巧可參見梁實秋《講價》
一文）更講究，簡直有總結不完的經驗，例如：

吃好多買好多。現在擺著賣的蔬菜大都要澆水，這樣雖然可以增加重量、便於販子多賺錢，卻不利於顧客的保存，所以最好當天買來當天吃完。特殊情況則另當別論，比如懶人，不想每早都去買菜，可以選購一些相對較乾的蔬菜，像花菜、四季豆、洋芋等等，多擱幾頓也沒關係。

想吃什麼再買什麼。有些人眼睛大肚皮小，或者好奇、貪圖菜色漂亮，心血來潮見啥買啥，結果拿回家又做不來甚至懶得做，遂擱在一邊而至於腐敗，這難道不是暴殄天物嗎？因此，我在買之前一般先想好想吃什麼再直奔市場而去。

為做菜而買菜。要做哪樣菜就得買齊該菜品需要的一切主輔料，以四川省家喻戶曉的「回鍋肉」為例，起碼要購置豬肉、蒜苗、鹽、豆瓣、甜醬、醬油、白糖才行（若要做到十全十美，那還得買化豬油、生薑、蔥、花椒等）。當然，根據個人愛好，蒜苗可以換成韭菜，炒時還可加豆豉、青椒等。

為便於做菜而買好菜。所謂好菜，並不僅僅是說菜的本質好，還指菜的外表好，或者說更利於洗、削，比如萵筍、茄子之類，直挺的肯定比扭曲的更好洗滌、更便於用刀削去外皮，也利於切成菜品要求的相應的塊、丁、絲、片等等形狀而減少邊角餘料的產生，使成菜更加美觀。

談戀愛當如油酥花仁

花仁是花生仁的省稱，即豆科植物花生的種子，又叫落花生、花生米、長生果、番豆、地豆、土豆。四川綿陽乾隆進士李調元《落花生歌》詠歎「此種粵蜀賤非貴，北人包裹遺公卿」，乃是因為花生喜高溫乾燥、不耐霜、北方少見的緣故。它富含蛋白質、脂肪，除了用來製做油料、副食、糖果、糕點外，也是頗受歡迎的菜肴原料。

除了「涼拌側耳根」外，香脆爽口、適宜佐酒的「油酥花仁」恐怕是製法最簡單的川菜之一了。新都寶光寺的素食譜中就有這道菜，作法如下：鍋內燒熟菜油至六七成熟，倒入花生仁，炸至淡黃色，撈起瀝乾油，晾冷，裝入盤中，撒上鹽、花椒麵拌勻即成。初次按章辦事操作此菜的人多半會弄巧成拙，將花生炸過火甚至炸糊。況且現在市面上還有剝了殼的紅皮花生，酥它是難以變成「淡黃色」的。

作法簡單並不等於不講技巧，為了克服因掌握不准火候而導致花生被炸過火或炸糊的弊病，靈活機動的廚師們在實踐中總結出了另外的一種做法：將生菜油和花仁同時下鍋，不停地勻速攪拌，隨著油溫逐漸升高，花仁也慢慢從生到熟，當發覺有些花仁開始爆裂時就端鍋離灶，讓花仁稍微在滾油內待上片刻使其更熟更脆，再用漏瓢撈起裝盤，略晾後撒椒鹽即可。

　　別慌，技巧還不僅僅是如上所述而已。為了讓花生米內外受熱均勻，用最少的時間炸至最脆，下油前得用涼水浸泡花生十分鐘左右，清佚名《調鼎集》所謂「以紙茸水浸（花生），然後入釜炒之，則肉熟而不焦，其香如桐子」大概也是這個道理；為了讓酥脆的花仁多擱幾天而不回潮，可在其上撒少量白酒然後拌勻。

　　跟忙碌的廚師迥然不同的是，我從油酥花仁聯想到了談戀愛。戀愛中的男女好像菜油和花仁，如果一方熱情，一方溫吞，節奏一旦失控，技巧一旦疏忽，戀情就勢必會發展得緩慢而曲折，甚至枝蔓出猜疑或痛苦；只有雙方步調相近或一致，一唱一和，如菜油和花仁同時由冷至熱、由生至熟，愛情的溫度才會與日俱增，越談越有勁。

粥和炒飯

粥，有些方言讀為 zhu，有些方言叫作「稀飯」。北宋江蘇詩人張耒有《粥記》云：

> 每日起，食粥一大碗，空腹胃虛，穀氣便作，所補不細。
> 又極柔膩，與腸胃相得，最為飲食之良。

南宋浙江詩人陸游特別欣賞此說，也認為吃粥可以延年，並作詩宣傳之：

> 世人個個學長年
>
> 不悟長年在目前
>
> 我得宛丘平易法
>
> 只將食粥致神仙

如今四川也流行早餐稀飯，不過常輔之以包子、饅頭、花捲、凍糕、葉兒粑、泡菜等等。記得 2006 年 3 月去貴陽玩，么爸每天特意早起為我熬粥，因為當地人習慣吃腸旺麵、牛（羊）肉粉當早餐，賣稀飯的館子不像四川那樣隨處可見。

晚清陝西人薛寶辰《素食說略》卷四載：

粥為人一日不可缺者，然煮之不得其法，則不足以益人。粟米、黃米、粳米最佳，其餘雜糧則稍遜矣。煮粥須水先燒開，然後下米，則水米易於融和。粥須一氣煮成，否則味便不佳。煮粥以泉水為上，河水次之，井水又次之，井水之稍鹹苦者皆不宜也。煮粥須按米多少，水少則過濃，水多則過薄矣。

現代人大多只能以所謂消過毒的自來水煮粥了，這恐怕連鹹苦的井水都不如了。不過對醉酒或感冒的人來說，翌日清晨的一碗自來水稀飯也是神仙的玉液瓊漿。當然我們還可以根據自己的喜好，在粥里加煮蔬菜、豆類、花瓣、中藥等等。而最著名的粥莫過於源自供佛的臘八粥，古人曾以此饋贈親朋，所以陸游有「今朝佛粥更相餽」之句。

至於乾飯，我則喜歡吃炒飯。最簡便的炒飯當數「木樨飯」，張恨水在長篇小說《啼笑因緣》第三回內曾解釋道：「這木樨飯就是蛋炒飯，因為雞蛋在飯裡像小朵的桂花一樣，所以叫做木樨。但是真要把這話問起北京人來，北京人是數典而忘祖的。」不啻此也，「木犀肉片」、「桂花土豆」等菜品亦皆因有雞蛋而命名。

蛋炒飯吃膩了，就做其他炒飯來換換口味：熱鍋裡燒油至熟，下豆豉、火腿腸顆、青椒顆煸香，倒入蒸好晾冷的乾飯或剩飯混炒，少時起鍋，放味精，裝盤，我稱之為「揚州炒飯」；上頓炒的回鍋肉沒吃完，下頓就用它來炒飯（此法可以舉一反三，是處理剩葷菜和剩飯的兩全之策），只需略加一點鹽就行了，我稱之為「回鍋肉炒飯」。

咖喱沙司

　　現代中國菜中借用了很多西餐的調味品，如最早源於印度、以後逐漸傳入歐洲的「咖喱粉」（Curry powder）、經廚師專門製作的菜點調味汁「沙司」即是。

　　咖喱是英語 curry 的音譯，而 curry 似乎又來自泰米爾語 Kari（醬油），或翻為咖哩、咖唎、加里、加厘、加釐、加利、吓喱、蓉莉，指以胡椒、茴香、郁金根粉等香料和香草或用薑黃粉、玉米粉、桂皮、辣椒、生薑、八角混合研製而成的黃色粉末，多用於肉製品的燜燉、醃製、油炸、製煲等，也可製作咖喱飯、咖喱湯及各式咖喱菜肴。優質的咖喱粉香辛味濃烈，用油加熱後不變黑，色味俱佳。

　　中餐如「咖喱茄子」即使不用現成的咖喱粉，也可做出咖喱味來。炒鍋燒熱，放花生油燒至六成熟，下蔥薑末煸香，放入辣椒粉、薑粉、番茄片、草莓醬、茄子塊，小火煸半個鐘頭。待茄子熟透後，再加白醋和少許開水，撒上鹽，即可。

　　沙司則音譯自英語 sauce（醬汁），又翻作少司，其較早的源頭可追溯至拉丁文 salsa（鹽醃的食物）。許多烹飪原料在烹調的過程中會產生一些汁液，這是烹飪原料的原汁（Liguid），不能與沙司混為一譚。在西餐廚房中把製作沙司列為一項單獨工作，由受過訓

練、有一定經驗的廚師專門製作。沙司的種類很繁複，按其性質和用途可分為熱沙司、冷沙司、甜食沙司三大類，而熱沙司又可分為布朗沙司、白沙司、荷蘭沙司、番茄沙司、咖喱沙司等。

　　2008 年 4 月 17 日，我在超市裡買了一瓶廣州出產的番茄沙司，做了一道「珊瑚西蘭花」：西蘭花撕散、洗淨，用鹽水浸泡幾分鐘，然後取出沖洗乾淨，切成小朵，放入沸水鍋裡汆熟，撈出裝盤；將紅椒去蒂洗淨，切成小顆放入沸水鍋裡汆熟，撈出瀝乾水份，蓋在西蘭花表面；碗內放入涼白開、番茄沙司、鹽、味精、白糖、白醋、芝麻油，調勻後淋在紅椒與西蘭花上，吃的時候再拌一下就可以了。

饅頭

卻說蜀軍火燒藤甲兵後班師回朝，途經金沙江，忽見秋雲密佈、狂風驟起，船不能渡，諸葛亮忙問前來送行的孟獲奈何。獲曰：「此水有猖神作怪，往來者必用四十九顆人首並黑牛白羊祀之，自然風恬浪靜。」亮曰：「本因人死而化怨鬼，豈可又殺活命耶？」遂廢黜慣例，喚特級廚師宰殺牛羊，和麵團包其肉，外形塑成人頭，名曰「饅頭」，當夜謹陳祭儀云云。這是從晉陳壽《三國志》到唐趙璘《因話錄》、宋高承《事物紀原》、明郎瑛《七修類稿》再到羅貫中《三國演義》所屢述的饅頭來歷，充分顯示了孔明先生的人道主義精神。到了宋代，肉饅頭儼然成了名貴食品，連神宗皇帝嚐了都說：「以此養士，即無愧矣！」在元仁宗延祐年間掌管皇帝營養、衛生工作的飲膳太醫忽思慧寫有《飲膳正要》一書，記載了四種饅頭，餡裡都有羊肉。習俗畢竟在變化，我們今天吃到的饅頭不過素麵飥飥一個，而所謂「頭」似乎已蛻化成了詞幹「饅」的尾碼。

《隨園食單》的作者袁枚偶然吃到別人府上的饅頭，「白細如雪，麵有銀光」，便「請其庖人來教，學之卒不能鬆散」，只因未能徹底掌握發酵的玄竅。即使是採用自發麵粉，也不一定就能做到鬆軟適度，我就曾經嘗試過個中滋味：

2008 年 4 月 1 日，氣溫不夠，麵搓、發得不到位，蒸鍋水放少了，以致於沒怎麼漲大的饅頭的底部變糊粘住了蒸格。

2 日，將用溫水和好的麵團在案板上搓成條狀，用菜刀切成五段，手感與造型都比昨天的強。鑒於昨天的教訓，今天我將麵段靠近火源露發了一刻鐘（比昨天多了 5 分鐘）。這段時間內，淨手抹了少量菜油在蒸格上，然後多摻了些水在蒸鍋裡。水開後，麵段入籠蒸了 20 分鐘，五個略帶菜油香味的饅頭就 OK 了。美中不足的是，饅頭還不夠白淨，許是因為在上寬下窄的瓷碗裡沒把麵粉中的酵母、小蘇打揉搓均勻。

3 日，按照母親口授的機宜，我沒有再單獨露發饅頭，而是直接用冷水蒸，在水熱至沸點的過程中，饅頭在鍋蓋下、蒸格上依然可以發酵，如此蒸、發結合不但節約了時間（昨天一共用了 35 分鐘，今天只用了 20 分鐘），而且能到達同樣的效果。由於麵團過小，在案板上單手揉之不易使麵粉與酵母、小蘇打均勻搭配，今天的饅頭仍有零星淺黃的小斑點，好在並不影響口感。

蜀蛋

　　《詩經‧豳風‧東山》有「蜎蜎者蠋／烝在桑野」的描寫，《說文解字》引蠋為蜀，蠋實即蜀的後起區別字，兩者都指一種似蠶的毒蟲，或謂之「野蠶」。寄生在竹節裡的筍蛆（竹象甲的幼蟲）則像淺黃色的蠋，它不但沒有毒，而且還可以食用。小時候，好不容易捉到一條，將它下油一炸，迅即從蜎蜎之形濃縮成了一小團油渣兒，我和同學各吃一半，雖然連塞牙縫都不夠，但香脆可口至今難忘。蜀還是雞的渾名，《爾雅》、郭義恭《廣志》都說雞「大者蜀」；《全三國文》卷六《詔群臣》所謂「蜀……雞、鶩味皆淡」指蜀地之雞，與體形大的雞名叫蜀不是一回事。

　　賈思勰《齊民要術‧養雞》稱「雞種，取桑落時生者良，春夏生者則不佳」，認為桑樹落葉時生的蛋孵化出來的雞是最好的。接著，他還介紹了北魏時期煮荷包蛋和炒雞蛋的方法：

> 打破，瀉沸湯中，浮出即掠取，生熟正得，即加鹽、醋也。
> 打破，著銅鐺中，攪令黃白相雜，細擘蔥白，下鹽米、渾豉、麻油炒之，甚香美。

　　大意是：

　　將雞蛋打進沸騰的開水鍋中，浮起即撈出，這樣一來生熟
　　正合適，再加些鹽、醋就可以食用了。
　　將雞蛋打破，放在銅鐺內攪動，使蛋黃、蛋清相混雜，再
　　放入撕細的蔥白絲、鹽米、豆豉，用麻油炒熟，很是香美。

而《調鼎集》裡的炒雞蛋、荷包蛋又是一套別致的做法：

　　配茭白絲或筍絲、荸薺絲炒。
　　去殼不打碎，傾熟油鍋內煎，加鹽、蔥花、椒末。又，全
　　蛋傾滾水鍋，帶湯盛小碗內，少加飛鹽、蔥花。

　　飛鹽猶言精鹽，詳見《食憲鴻秘》上卷《醬之屬》「飛鹽」條。
前些年，陳子昂的故鄉射洪縣的農村人家戶還習慣煮一大碗白糖水
泡若干枚荷包蛋以招待來客，完全不擔心膽固醇會攝入過量。如果
沒有肉臊子拌麵條，我就會煎一個雞蛋代之：鍋內菜油燒熟後，直
接打入雞蛋，兩面煎黃煎熟時撒一點鹽、五香粉即成。

菜頭譚

在宋朝的臨川有位叫汪信民的儒士，他曾經講過一句名言：「人常咬得菜根斷，則百事可做。」推敲起來，此話至少有兩層意思。一是菜根粗糲難食，就像含辛茹苦的貧困生活；人若能自甘淡泊，經得住清苦的磨練，則任何事情都難不倒他，例如蘇東坡被貶而卜居外鄉，「荷鄰蔬之見分，汲幽泉以揉濯，搏露葉與瓊根」，煮時不用任何調味品，吃了還自謂是「葛天氏之遺民」。二是菜根雖然淡乎寡味，卻是果實、枝葉的根本，就像生活中那些質樸的道理，看似尋常無奇，但要真能咀嚼出味道來，則世間百事也就都參悟得透了，誠如《重刊〈菜根譚〉序》所云：「菜之為物，日用所不可少，以其有味也。但味由根發，故凡種菜者必要厚培其根，其味乃厚。」好吧，我們下面就來談談作為菜根的受益者之一的菜頭。

眼下是冬季，上市的菜頭主要有油菜頭（《調鼎集》謂之「油菜臺」）、紫菜頭兩種，我喜歡將它們熗來吃。雖然它們的顏色一綠一紫，但都有一層外皮必須撕掉。邊撕邊把它們折成小段，既便於淘洗，又便於烹調與享用。先在旺火上、鐵鍋裡將菜油熱熟，然後下乾辣椒節、花椒、鹽各適量略炸，再倒入撒好、洗淨的油菜或紫菜翻炒，菜變軟出汁即可裝盤，脆嫩咸香，正好下飯。

　　其實，鮮嫩的萵筍巔、豌豆巔（《調鼎集》謂之「豌豆頭」）也是菜頭，也適合熸炒，而且不用撤（大不了將長的改短就行了），只需清水洗洗即可下鍋。不僅如此，還可以用它們和掛麵、涮火鍋、煮湯（如「清湯丸子」）、為葷菜（如「水煮肉片」）墊底等等，怎麼吃怎麼香。

素食主義

　　美國超驗主義哲學先驅梭羅同時也是一個素食主義者，他在他的代表作《瓦爾登湖》第十一章《生活的更高法則》內就明確提出：

> *Is it not a reproach that man is a carnivorous animal? True, he can and does live, in a great measure, by preying on other animals; but this is a miserable way—as any one who will go to snaring rabbits, or slaughtering lambs, may learn—and he will be regarded as a benefactor of his race who shall teach man to confine himself to a more innocent and wholesome diet. Whatever my own practice may be, I have no doubt that it is a part of the destiny of the human race, in its gradual improvement, to leave off eating animals, as surely as the savage tribes have left off eating each other when they came in contact with the more civilized.*

　　他認為稱人為食肉動物實在是一種譴責，人類的發展進步必定要逐漸把吃肉的習慣拋掉，如同野蠻人和文明人接觸久了以後逐漸把吃人的習慣拋掉一樣。如是說好像過激了一點，但抑或是對遙遠的未來的先見之明亦未可知。

　　比梭羅晚出生 33 年的釋教信徒薛寶辰也贊同「肉食者鄙」的觀點，並在其《素食說略·例言》中大聲疾呼：

　　畏死貪生，人、物無異。「見其生，不忍見其死」，子輿氏之言誠至言也，無罪而死，於家畜且惻然矣。有一盂羹而無數物命為廢者焉，下嚥以後固屬索然。試思其飛潛動躍時為何如、被捕獲時為何如、受刀椹時為何如，或亦有悽然不忍下箸者乎？余固不能不以食蔬為同人勸也。世有大善知識以廣長舌為眾生導師，俾人人有不忍之心焉，尤余所跂望已！

　　無巧不成書的是，他竟然跟梭羅不約而同，都盼望有一位出類拔萃的人來教給俗世之眾生吃一些更純潔、更有營養的食物，也就是素食。力戒殺生的佛祖無疑就是這樣的一個人類的大恩人，可惜饕餮之徒芸芸，不是都能自覺自願地拜倒在他的蓮台之下的。

　　最近我吃素的回數也比吃葷的時候多得多，並非我欣賞空門戒律、厭惡動物之肉，而是發現市上的灌水肉、冷凍肉質量太差了，幾乎喪失了肉味，以致在烹飪的過程要浪費更多的火、油、調料跟時間來改善之。很顯然，這是人類發展進步所導致的退步，而退步的又不僅僅只是禽畜的質地，還有良心和道德。

葷腥

「葷」是草字頭，可以想見它的原意也是蔬食，中國的第一部字典《說文解字》就明確指出：「葷，臭菜也。」《莊子‧人間世》「（顏）回之家貧，唯不飲酒不茹葷者數月矣」、白居易《長慶集》卷六八詩「每因齋戒斷葷腥／漸覺塵勞染愛輕」用的都是葷字的本義。臭菜就是有濃烈氣味的一類菜，包括阿魏、薑、芥、韭、蒜、芸苔、胡荽、薤等等，正如宋釋法云《翻譯名義集》卷三《什物》所說：「葷而非辛，阿魏是也；辛而非葷，薑、芥是也；是葷復是辛，五辛是也」，「梵綱云不得食五辛，言五辛者，一蔥、二薤、三韭、四蒜、五興渠」，因此五辛也可叫作五葷。道教的說法略有不同，羅願《爾雅翼》載：「道家以韭、蒜、芸苔、胡荽、薤為五葷」。阿魏是一種多年生多汁草本植物，切斷其根和根狀莖，即有乳狀汁流出，此汁乾後稱阿魏，又名興渠。芸苔又名胡菜、苔芥，即油菜。胡荽即芫荽，俗稱香菜。薤俗稱藠頭，其鱗莖和嫩葉都能食用，還可以製成泡菜。

現代所謂的葷菜，古人則另有專名，《論語‧鄉黨》曰：

> 君賜食，必正席先嘗之；君賜腥，必熟而薦之；君賜生，必畜之。

　食指熟食，直接嘗之；腥指生肉，必先熟之；生指活物，應當畜之。腥字一從魚旁（見《廣雅‧釋器》），還可專指生肉的氣味、魚腥味，《韓非子‧五蠹》「鑽燧取火以化腥臊」即是。後來，人們又使用葷羶、葷血等詞指稱肉食，如韋應物《韋江州集》卷二詩句「道場齋戒今初服／人事葷羶已覺非」、《舊唐書‧王維傳》「維弟兄俱奉佛，居常蔬食，不茹葷血」、陸游《蔬食戲書》詩「膻葷從今一掃除／夜煮白石箋陰符」。

　被宗教俘虜了的彬彬文人往往極力推崇素食，像六如居士唐伯虎就有《愛菜詞》宣稱「我愛菜／人愛肉／肉多不入賢人腹」，而放曠不羈的武人大都喜歡大口喝酒大塊吃肉，像《水滸》裡的英雄們動輒就喚酒家「先切二斤熟牛肉來」，彷彿只有戴宗在施行「神行法」之前「不許吃葷，第一戒的是牛肉」。

隱元豆

英國生物學家達爾文在其《動物和植物在家養下的變異》一書中寫道：「一位學者相信所有菜豆都是從一個未知的東方種傳下來的。」所謂菜豆，《日華子諸家本草》叫白豆，《素食說略》叫刀豆，四川叫四季豆，蘇北叫四季梅，寧夏叫梅豆，貴陽叫棒豆，青海叫扁豆，廣州叫龍牙豆，雲南叫芸豆，日本叫唐豇或隱元豆。隱元是明末清初的福建高僧，順治十一年曾應日本長崎華僑寺院住持逸然之邀東渡，帶去了菜豆種子，使其得以在日本繁殖開來。菜豆不僅別名多，品種也不少，按生態分有矮生種和蔓生種，按食用分有莢用種、籽用種和兩用種。它的生長、收穫期很長，所以會榮膺四季之稱而安徽俗語要說「菜豆不知羞，五月開花結到秋」。

清人吳其濬《植物名實圖考》只簡單提到「嫩時並莢為蔬，脆美」，不像《素食說略》說得那麼仔細：「摘嫩莢，去其兩邊之硬絲，切段，以醬油炒熟」。這種陝西或北京的做法已經比較接近川菜「乾煸四季豆」的工藝了，我曾在我的烹飪日誌《觀頤集》中這樣記述：

> 四季豆掐頭去筋洗淨，折成短節，用沸水汆後撈出瀝乾待
> 用。炒鍋裡放花生油燒至七八成熟時，下四季豆煸炒，差

不多熟時再加入芽菜末，一同再煸炒幾分鐘，最後放醬油、
味精和勻起鍋入盤。

所謂「硬絲」，所謂「筋」，指的都是一種植物纖維，人挑剔
的胃口一直以來就是抗拒它的，所以必先去之而後快。「用沸水
汆」主要是為了破壞四季豆內所含的豆素與皂素，以避免人食之
而中毒。為了增添油氣、更顯清香，我們完全可以在菜中加炒一
些豬肉末。

我國十九世紀重要的植物學著作《植物名實圖考》還言及四
季豆「老則煮豆食之，色紫，小兒所嗜」，馬克思主義經典作家列
寧 1902 年在《給地方自治派的一封信》中也講到了「扁豆湯」，
西班牙的吉卜賽人每年八月裡的每個星期五都要吃菜豆湯。然則
我從未嘗試這樣煮過，不知味道究竟如何、值不值得像西方人那
樣經常食用。

蜜唧玄駒球

如是我聞，印度《吠陀經》曾說：「只要心中裝有那全能的上帝，一切皆可食用。」實際上，不太理睬上帝的中國人自古以來什麼都敢吃，就連卑微的鼠類和螞蟻亦難倖免。

先民或在無奈之情形下吃鼠肉，如《華陽國志‧南中志》「食糧已盡，人但樵草炙鼠為命」；或故意為之，如《朝野僉載》「嶺南獠民好為『蜜唧』：即鼠胎未瞬、通身赤蠕者飼之以蜜，釘之筵上，嘖嘖而行，以箸挾取啖之，唧唧作聲」，真是殘忍之至，再如《順德縣志》「鼠脯，順德縣佳品也。……大者為脯，以待客，筵中無此不為敬禮」，風俗奇異到了匪夷所思的地步。

雖然食譜中鮮見著錄，田鼠確曾是廣東民間崇尚的美味。而一些珍稀動物養殖場的內部資料早就大肆宣傳過：海狸鼠肉質細嫩、鮮美、營養豐富，可製成罐頭、肉鬆、特種小吃；麝鼠肉蛋白質含量可與牛肉媲美，其油也可供烹飪食用。另外還有豚鼠，其肉營養也高，也鮮嫩可口，很受食客歡迎，大有開發前景。

最讓人咋舌的是，當今世間竟然還有一道尤其適宜陽虛、腎虛患者食用的螞蟻菜肴，名叫「玄駒球」。其主要原料有：豬肉末250克，黑芝麻、螞蟻各5克，澱粉、鹽各2克，雞蛋1個，薑1塊，蔥2根；

製作方法是：將肉末、澱粉、雞蛋、切碎的姜、蔥合成丸子，再將黑芝麻、螞蟻混勻蘸在丸子上，然後放入油鍋炸熟（不可炸焦）即可。

　　《夏小正》戴德傳：「玄駒也者，蟻也。」為什麼要拿黑色的馬駒來形容螞蟻呢？李時珍《本草綱目》認為：「大蟻喜酣戰，故有馬駒之稱。」這也許不是正確答案，我們姑妄聽之可矣。雖然螞蟻只是馬駒的超級袖珍版，但據說若把全球的螞蟻加在一起，其重量將超過脊椎動物的總重量，不愧為地殼上數量最多、分佈最廣的重量級「社會性昆蟲」。

葉兒粑

　　清末，四川崇慶縣懷遠鎮蔣三麻子製作的葉兒粑有著濃郁的山野風味，非常膾炙人口。後來他能幹的同鄉們將店開到了成都各地，使葉兒粑的聲名更加遠播，還獲得了一些飲食業內的獎項。崇慶縣唐名蜀州，宋稱唐安，即今崇州市，所產薏苡（南宋的四川人謂其實為「薏米」，今之四川人呼作「薏仁」）尤奇，深受陸游的青睞，他曾多次寫詩讚美「唐安薏米白如玉」、「炊成不減雕胡美……滑欲流匙香滿屋」。雕胡即宋玉《諷賦》「雕胡之飯」的簡稱，薏米不減雕胡美是說薏米飯的香滑不亞於菰米飯的美味。

　　美味的葉兒粑不粘盤、不粘筷、不粘牙，由葉（有人用芭蕉葉，有人用柚柑葉，後者比較普遍）、粑、餡三部分組成，揭開鍋蓋，乍看上去，極像一片深綠色的葉子托著一個黃綠色的湯圓。吃時扔掉柑子葉，一口咬下去，褐色的餡就油汪汪地露出面來慰問你的味蕾了。用柑葉包著蒸，粑既可隔離蒸格，還能吸收葉片中自然的清香和回味辣。我喜歡熬上一鍋不稀不稠的綠豆粥，就著綿軟微糯、皮薄餡潤的葉兒粑，打發那短暫而美好的早餐時光。

　　製作葉兒粑卻沒有享用時那麼簡單而愜意。先得將糯米、大米、綠豆、黃豆混合磨成吊漿粉子，榨乾後揉入菜油，如此這般做成粑粉（《成都粉子與湯圓》中提到的「饃饃麵」則是偷工減料的

粑粉,蒼白如元宵粉)。再把肥瘦豬肉絞碎,在油鍋內炒散後,加芽菜、薑末、甜醬、醬油、白糖、鹽、花椒油、料酒抄勻燜香,起鍋放味精,餡才算大功告成。最後在粑粉內填入肉餡,包上汆過水的新鮮柑葉,入籠旺火急蒸至粑外表出現針眼。沒有製作條件和製作水平的人如我者,至少可以在街上的早餐店或超市中買到熟製品,只要是熱乎的也還是能夠大快朵頤的。

葉兒粑還有甜的,其餡由白糖、麵粉、豬油、菜油、花生、芝麻、核桃等加工而成,但是現在並不常見。常見的是,現做現賣葉兒粑的餐館總是要同時販賣崇州的另一個名小吃——凍糕。凍糕也是用大米、糯米磨制的,不過要經過發酵,加糖、芝麻等拌勻,再外包著玉米殼蒸熟,出來的效果又白又方、香甜而不膩,跟肉餡的淡綠葉兒粑剛好相得益彰,酷似天造地設的一對兒。

國家圖書館出版品預行編目

天涯孤旅——林趕秋文選 / 林趕秋著.
-- 一版. -- 臺北市：秀威資訊科技, 2010.08
面； 公分. -- (語言文學；PG0382)
BOD 版
ISBN 978-986-221-522-7(平裝)

848.6   99011278

 語言文學類　PG0382

天涯孤旅——林趕秋文選

作　　者 / 林趕秋
主　　編 / 蔡登山
發 行 人 / 宋政坤
執行編輯 / 胡珮蘭、邵亢虎
圖文排版 / 鄭伊庭
封面設計 / 陳佩蓉
數位轉譯 / 徐真玉　沈裕閔
圖書銷售 / 林怡君
法律顧問 / 毛國樑　律師
出版印製 / 秀威資訊科技股份有限公司
　　　　　台北市內湖區瑞光路 583 巷 25 號 1 樓
　　　　　電話：02-2657-9211　　　傳真：02-2657-9106
　　　　　E-mail：service@showwe.com.tw
經 銷 商 / 紅螞蟻圖書有限公司
　　　　　台北市內湖區舊宗路二段 121 巷 28、32 號 4 樓
　　　　　電話：02-2795-3656　　　傳真：02-2795-4100
　　　　　http://www.e-redant.com

2010 年 8 月 BOD 一版
定價：300 元

讀　者　回　函　卡

感謝您購買本書，為提升服務品質，煩請填寫以下問卷，收到您的寶貴意見後，我們會仔細收藏記錄並回贈紀念品，謝謝！

1. 您購買的書名：＿＿＿＿＿＿＿＿＿＿＿＿＿＿＿＿＿

2. 您從何得知本書的消息？

　　□網路書店　　□部落格　　□資料庫搜尋　　□書訊　　□電子報　　□書店

　　□平面媒體　　□ 朋友推薦　　□網站推薦　□其他＿＿＿＿＿＿

3. 您對本書的評價：(請填代號　1.非常滿意 2.滿意 3.尚可 4.再改進)

　　封面設計＿＿　版面編排＿＿　內容＿＿　文/譯筆＿＿　價格＿＿

4. 讀完書後您覺得：

　　□很有收獲　　□有收獲　　□收獲不多　　□沒收獲

5. 您會推薦本書給朋友嗎？

　　□會　□不會，為什麼？＿＿＿＿＿＿＿＿＿＿＿＿＿＿

6. 其他寶貴的意見：＿＿＿＿＿＿＿＿＿＿＿＿＿＿＿＿＿

＿＿＿＿＿＿＿＿＿＿＿＿＿＿＿＿＿＿＿＿＿＿＿＿＿＿

＿＿＿＿＿＿＿＿＿＿＿＿＿＿＿＿＿＿＿＿＿＿＿＿＿＿

＿＿＿＿＿＿＿＿＿＿＿＿＿＿＿＿＿＿＿＿＿＿＿＿＿＿

讀者基本資料

姓名：＿＿＿＿＿＿＿＿＿　年齡：＿＿＿　性別：□女 □男

聯絡電話：＿＿＿＿＿＿＿＿　E-mail：＿＿＿＿＿＿＿＿

地址：＿＿＿＿＿＿＿＿＿＿＿＿＿＿＿＿＿＿＿＿＿＿＿

學歷：□高中(含)以下　　□高中　　□專科學校　　□大學

　　　□研究所(含)以上 □其他＿＿＿＿＿＿＿

職業：□製造業 □金融業 □資訊業 □軍警 □傳播業 □自由業

　　　□服務業 □公務員 □教職　□學生 □其他＿＿＿＿＿＿

To：114

台北市內湖區瑞光路 583 巷 25 號 1 樓

秀威資訊科技股份有限公司　　　收

寄件人姓名：

寄件人地址：□□□

- -

(請沿線對摺寄回,謝謝!)

秀威與 BOD

BOD（Books On Demand）是數位出版的大趨勢，秀威資訊率先運用 POD 數位印刷設備來生產書籍，並提供作者全程數位出版服務，致使書籍產銷零庫存，知識傳承不絕版，目前已開闢以下書系：

一、BOD 學術著作—專業論述的閱讀延伸
二、BOD 個人著作—分享生命的心路歷程
三、BOD 旅遊著作—個人深度旅遊文學創作
四、BOD 大陸學者—大陸專業學者學術出版
五、POD 獨家經銷—數位產製的代發行書籍

BOD 秀威網路書店：www.showwe.com.tw
政府出版品網路書店：www.govbooks.com.tw

永不絕版的故事・自己寫・永不休止的音符・自己唱